FASTES BRITANNIQUES

CONTINUES DEPUIS 1806 JUSQU'EN 1817.

OU

Supplement au Poeme Historique,

PORTANT LE MEME TITRE;

LE TOUT FORMANT UN PRECIS COMPLET

DE

L'HISTOIRE DE LA GRANDE BRETAGNE,

DEPUIS

JULE CESAR, JUSQU'A L'INSTANT ACTUEL:

ACCOMPAGNE DE NOTES ILLUSTRATIVES DES FAITS QUE
LA FORME POETIQUE A OBLIGE DE CONTRACTER:

AUXQUELS ON A AJOUTE UN EXTRAIT

DES FASTES DE LA NATION FRANCOISE,

DONT L'AUTEUR S'OCCUPE;

AINSI QU'UNE ODE SUR L'EXPULSION DES FRANCOIS
HORS DU PORTUGAL,

SOUS LES AUSPICES

DU FELD-MARECHAL DUC DE WELLINGTON
ET DE SES BRAVES COMPAGNONS D'ARMES.

PAR M. LENOIR,

Professeur de Langue et de Littérature Françoise à Londres; Auteur
de la Pratique de l'Orateur; des Syllabaires logographiques et
emblématiques François et Anglois; et de plusieurs autres Ouvrages.

A LONDRES:

Imprimé au profit de l'Auteur, et se vend chez lui, No. 3, Barton
Street, Westminster; chez C. Law, No. 13, Ave-Maria-Lane;
T. Boosey, Old Broad Street, derrière la Bourse; et chez
Messrs. Earle, Albemarle Street; Hailes, Piccadilly;
Bossange et Masson, Great Marlborough Street;
et Dulau, Soho Square.

𝔄 𝔏𝔬𝔫𝔡𝔯𝔢𝔰:

IMPRIME PAR A. J. VALPY,
TOOKE'S COURT, CHANCERY LANE.
1818.

DISCOURS PRÉLIMINAIRE,

AU

SUPPLÉMENT DES FASTES BRITANNIQUES.

———✦———

Lorsque l'Auteur des Fastes Britanniques publia son ouvrage en 1807, l'Angleterre après une paix assez courte pour n'être considérée que comme une trève, où l'ambition astucieuse se joua insolemment de la bonne foi, avoit été obligée de reprendre une attitude guerrière, et de rentrer seule en lutte contre un vagabond parvenu, dont le Machiavelisme désorganisateur de l'ordre social avoit subjugué une partie du continent, et séduit l'autre, au point de pouvoir se livrer aux desseins et aux entreprises les plus gigantesques. Ivre de ses succès et assez superstitieusement présomptueux pour croire avoir enchaîné la Fortune, de manière à la contraindre irrévocablement à favoriser toutes ses mesures, la timide apathie des Puissances continentales, incapables de s'élever à la hauteur de ses crimes en les imitant, regardoit d'un œil passif toutes les violations de droit public ou particulier qu'il lui prenoit fantaisie de commettre. Le grand homme dont la vue pénétrante pouvoit seule sonder la profondeur de cette âme inique, et qui s'appliquoit sans cesse à prévoir quel crime devoit suivre le précédent, avoit repris la fonction auguste de substitut de la Providence, et avec elle la charge de veiller à ce que, du moins pour son pays, la chose publique ne souffrît aucun détriment de ses perfides menées, tant au dehors qu'au dedans. Mais la mort l'enleva à l'Angleterre, et ceux qui avoient pris la tâche de fronder son administration, ou d'enchevêtrer ses moyens pour la rendre insuffisante, eurent enfin le crédit de prévaloir auprès du Souverain, et d'obtenir qu'il leur laissât diriger ses conseils. Les premiers fruits de leur sagesse si vantée furent la perte du seul allié qui restât alors à l'Angleterre, et le renouvellement des dissensions intérieures pour les intérêts d'un autre monde, affectant pour ainsi dire une indifférence absolue pour ceux du monde qu'ils habitoient, tandis qu'ils laissoient à l'ennemi le loisir de poursuivre ses projets hostiles contre leur patrie, que plusieurs d'entre eux n'étoient pas fort éloignés de seconder. Le Prince néanmoins prit à temps l'alarme ; et rappelant auprès de sa personne les disciples de celui, qui pendant sa vie avoit si efficacement lutté contre l'anarchie, il donna une nouvelle impulsion au cours des choses, qui, si elle ne fut pas aussi heureuse qu'on pût le désirer, du moins ralentit la marche sinistre que les administrateurs éconduits sembloient disposés à leur laisser prendre. Cependant, soustrait à la direction des affaires, par une calamité infiniment sensible à ses sujets, dont la moralité de sa conduite lui avoit assuré l'amour, le timon du vaisseau public passa de droit dans les mains de son fils. Ce Prince dans la fleur de l'âge, et par conséquent naturellement plus susceptible de mesures énergiques, en même temps qu'il retint les serviteurs de son père, donna une libérale étendue à la sphère de leur action, qui soudain produisit cet heureux changement, par lequel la gloire et les succès prirent la place des revers. La politique active du REGENT influa sur les Puissances continentales. La torpeur dans laquelle les cabinets sembloient plongés se dissipa, et bientôt une suite rapide d'événemens porta la gloire de la Grande Bretagne à un point d'élévation à peine concevable pour elle-même. Ce sont donc ces événemens, laissant une lacune à nos FASTES BRITANNIQUES, qu'on se propose de célébrer dans le Supplément maintenant offert au public. Une impartialité sévère a constamment guidé la verve du Poëte. Resté fidèle à ses principes, il espère que le lecteur attentif lui saura gré quand même il semble s'en écarter. Par exemple, imperturbablement attaché à la LEGITIMITE', et par suite à la cause des BOURBONS, il n'a renoncé à celle-ci, que lorsque le chef actuel de cette Dynastie l'a lui-même abandonnée. S'il se livre donc à une animadversion sévère de son administration, après avoir fait les vœux les plus ardens pour la voir entre ses mains, c'est parce qu'elle compromet cette même LEGITIMITE'; et parce qu'il détériore, par une conduite honteusement révolutionnaire, l'héritage, dont il n'est que propriétaire usufruitier. Certes, écarté pendant vingt-six ans des embarras de la vie active qui accompagne le trône, il étoit à espérer que ce temps avoit été consacré à une étude refléchie du cœur humain et de la saine morale, sur laquelle toute politique devroit reposer ; et qu'il apporteroit sur le sien le trésor de ses réfléxions, lorsque, malgré les orages contraires, il seroit appelé à y monter. S'il étoit possible que l'inexpérience de sa jeunesse se fût laissé éblouir par les lueurs d'une vaine philosophie, l'atmosphère nébuleux, qui en fut si long-temps la suite, auroit dû rendre la santé à ses organes visuels. Quand malheureusement il se trouve que le contraire est arrivé, faut-il donc que l'écrivain, qui se doit à la postérité encore plus qu'à son siècle, approuve, pallie ou taise les erreurs dont il est témoin, quelque fatales qu'en puissent être les suites ? Qu'Ho-RACE, courtisan, subsistant des bienfaits d'AUGUSTE, se soit souvent enveloppé du manteau de la réticence, son exemple ne peut être une loi pour l'auteur des FASTES BRITANNIQUES. Il subsiste de son travail et des bienfaits du public, dont il est fier sans être Démagogue. Ami de la saine raison et de l'ordre, c'est au service de l'une, et au maintien de l'autre, qu'il con-sacre les loisirs que lui laissent ses autres occupations. Sa plume, inaccessible à la vénalité, ne prendra jamais la loi que de ce qu'il considérera comme le vrai, laissant au jugement de ses lecteurs à rectifier les erreurs dans lesquelles en sa qualité d'homme il pourroit omber.

FASTES BRITANNIQUES

CONTINUES DEPUIS 1806 JUSQU'EN 1817.

———

Mais l'esprit forme en vain un plan de résistance,
Si d'un conseil prudent, il n'emprunte assistance.
A présent inactif, repose avec les morts,
Celui qui supporta si long-temps les efforts
Des plus fougueux débats, et malgré leur tempête,
A l'état, des grandeurs fit atteindre le faîte.
A ses plans vigoureux et sagement mûris,
Succèdent les projets de sophistes nourris,
Dans cette école absurde, où les vains *droits de l'homme,*
Enfans d'un cerveau vuide, ont augmenté la somme
Des excès odieux de la cupidité,
Méconnoissant tout frein à sa férocité :
Et tant prônés partout, leur rare politique
Fait tourner à leur bien la fortune publique.

Fas. Br.   A

Sous le titre pompeux des *talens réunis*,

Mais tous indifférens au bien de leur pays,

Devant son oppresseur, en posture rampante,

Ils offrent leur encens à sa morgue arrogante :

Et pour mieux appaiser son sourcilleux coup-d'œil,

A son gré de l'état ils dépriment l'orgueil ;

D'un ennemi, contens d'assouvir l'insolence,

S'ils peuvent établir au-dedans la licence.—

Leur fortune agrandie avec art clandestin,

Le trésor de l'état, en leur avare main,

Sous le titre d'épargne, ou plutôt de lésine,

L'âme des grands efforts chichement affamine ;

Tandis que pour parer au reproche honteux

D'un indigne repos, réformateurs fameux,

De la philanthropie arborant la bannière,

Aux discords assoupis ils rouvrent la carrière.

Pour cette fois du moins le sceptre de la mort,

Pour le bonheur public, paralisa l'effort

De nos sages du jour ; et conjurant l'orage,

D'un lugubre atmosphère dispersa le nuage,

Lorsque sur leurs desseins à temps désabusé,

GEORGE bannit au loin ce conseil insensé. (1)

A ce vain ministère, un plus loyal succède ;

Plus ami du Monarque, et qui lui prête l'aide

D'avis judicieux et sagement conçus :

A l'école de PITT, de ses leçons imbus,

Disciples, si non faits pour éclipser leur maître,
Du moins apprirent-ils à chérir le bien-être
De l'état, désormais gouverné par leurs soins.
De tout sophisme exempts, réglant sur ses besoins
La marche combinée à suivre en leur conduite,
Des plans que PITT mûrit ils fixent la poursuite.
L'ennemi, cependant, affamé de butin,
A ses projets d'ailleurs peu lent à mettre fin,
Le PORTUGAL d'abord envahi par ses armes,
Livre ensuite l'ESPAGNE aux plus tristes alarmes,
Où peu de temps après tous les cœurs ulcérés,
Pleurent leurs souverains loin d'eux incarcérés.
Aussitôt d'ALBION le bienfaisant Génie,
Etend son bouclier sur la LUSITANIE ;
(2) Fait de son peuple nul un peuple de soldats,
Et prête à l'Espagnol le secours de son bras.—
Perdu pour ton pays, mais non pas pour la gloire,
MOORE, tu succombas disputant la victoire
Au Brigand oppresseur des amis de ton Roi ;
Mais la Muse applaudit aux vaincus tels que toi:
(3) Et sous peu le tribut d'une juste vengeance
Apportera son terme à notre doléance ;
Et ton sang va mûrir la moisson de lauriers,
Qui doit orner les fronts de plus heureux guerriers.
Déjà du brave ARTHUR les invincibles armes
Ont des champs Portugais repoussé les alarmes ;

Et pleins du même esprit, ses vaillans compagnons,
Illustrant sur ses pas la gloire de leurs noms,
De l'IBERE avec lui détruisent les entraves,
Et du CORSE partout vont chassant les esclaves.
Mais, quoiqu'ainsi frustré dans son dernier projet,
Enchaînés à son char, qu'ils suivoient à regret,
Des Potentats soumis à maint honteux outrage,
Rongeoient avec dépit le frein du vasselage,
Quand l'AUTRICHE d'abord, à ses ressentimens,
Osa lâcher la bride ; et sur ses erremens,
La PRUSSE tôt après par l'exemple entraînée,
Au hazard des combats remit sa destinée :
Mais las ! pour les CESARS cet effort généreux
N'ajoute à leurs honneurs qu'un destin plus affreux ;
Un Vagabond, souillant le sang de leur famille,
Par son hymen hideux avec leur chaste fille :
Et du grand FREDERICK, le fils humilié
Voit ses vastes états raccourcis de moitié.

Le CORSE, allant toujours de victoire en victoire,
Sans cesse trouvoit GEORGE en travers de sa gloire ;
Et comme dans la guerre, aussi bien qu'en procès,
L'or est le grand moteur qui conduise au succès,
De son cerveau fécond il tourne les ressources
A couper aux Anglois du commerce les sources.
Mais ces plans, enfantés par une hostile aigreur,
Ne font que rejaillir sur leur premier auteur.

La tension de l'esprit, cependant prolongée,
Qui, de GEORGE sans fin, travailloit la pensée,
D'un malheur domestique empruntant le renfort,
D'un intellect confus détraque le ressort :
Et les chans inspirés par la douce alégresse
Du joug d'un demi-siècle attestant la mollesse,
Dans les airs attentifs retentissoient encor,
Chargés des vœux offerts pour le nouveau Nestor, (4)
Qu'objet public de deuil et de sollicitude
Il est plongé soudain en triste solitude,
Sans autre infirmité qu'un débile cerveau ;
Cadavre plein de vie, attendant le tombeau.
Telles sont donc les fins de la grandeur humaine !
Déplorable revers ! qui sur ses pas entraîne
Les clameurs, les émois des plus bruyans débats,
Et répand la terreur parmi tous les états !
D'ALBION les conseils, en proie à la détresse,
N'offrent de tous côtés que doute et que tristesse.
Tels qu'on verroit des corps, naguères radieux,
Ornant de leur éclat les champs voûtés des cieux,
Mais, qui soudain lancés dehors de leur orbite,
Voudroient rompre l'effort, qui contraire gravite ;
Maintenant sans lueur, à l'aventure errant,
Chercher leur centre en vain, toujours d'eux s'enfuyant :
Ainsi des Sénateurs la crise politique
Agita le repos de la chose publique,

Jusqu'à ce que rendus au vœu de la raison,
Le fils du Prince soit fait REGENT en son nom.

Et la Muse, du choix approuvant la justice,
En bénit à plaisir le résultat propice,
Par qui sa sœur CLIO, amante des hauts faits,
Des Bretons de nos jours célèbre les succès.
De la vérité stricte esclave rigoureuse,
L'histoire déploroit la marche langoureuse
Que la guerre avoit prise, en ces derniers instans.
Soit qu'alors le Monarque, affoibli par les ans,
Portât sur ses conseils leur trop pesante glace ;
Ou qu'un choix indiscret lui fit admettre en place,
Des talens inférieurs, plus faits pour le repos,
Que pour l'activité des belliqueux travaux :
Hors WELLINGTON, toujours chéri de la victoire,
Ses autres généraux sommeilloient pour la gloire.
Lors, par le nul CHATHAM, à WALCHEREN conduits
Les enfans d'ALBION tombèrent engloutis
Dans la nuit du trépas, sans aucun avantage,
Dans l'instant qu'à WAGRAM, entouré de carnage,
Le vain NAPOLEON, tout couvert de lauriers,
Moissonnoit à loisir d'AUTRICHE les guerriers ;
Tandis que, gémissant sur sa grandeur éteinte,
Elle subit du joug la honteuse contrainte.
Le vainqueur insolent, maître de ses états,
Les partage à son gré ; puis sans autres débats,

Lui prescrit désormais avec quelle puissance,
Il lui permet de faire, ou de rompre alliance ;
Sans crainte de porter l'oppression à bout,
Des sujets qu'il arrache à son antique joug,
Produit impudemment la douloureuse liste ;
Et d'un ton péremptoire en même temps insiste,
Sur ce qu'elle partage avec lui ses projets ;
Les fardeaux, les périls, les moyens et les frais ;
(5) Et de son déshonneur pour combler la mesure,
Il réclame sa fille en proie à sa luxure.

Partout avec orgueil, quoiqu'ainsi triomphant,
L'objet mal déguisé, pour lui seul important,
Et toujours poursuivi, l'UNIVERSEL EMPIRE,
Indécis trop long-temps irritoit son délire.
Espérant le hâter au gré de ses souhaits,
Il veut couper le cours du commerce aux Anglois ;
(6) Soudain chez ses vassaux promulgue la défense
Entre eux et les Bretons de toute intelligence ;
Et sans égard au cri de la nécessité,
Il n'admet d'autre loi, si non sa volonté.

Le RUSSE, qui naguère à son vœu souscrivit,
Par le besoin pressé, enfin désobéit. (7)
En fureur il émet l'injonction barbare,
Que partout aussitôt la guerre se prépare,
Aux plus lointains climats des régions du Nord,
A porter sur sa trace et la flâme et la mort.

Se conformant alors au gré de sa fürie,

Les fils de l'ALLEMAGNE et ceux de l'ITALIE

S'empressent en commun, avec le POLONOIS,

De grossir le torrent des bataillons François :

Et victimes par choix d'un absurde courage,

Briguent l'honneur affreux, pour complaire à sa rage,

A travers les périls, les glaces, les frimas,

Sous un ciel rigoureux d'affronter le trépas.

(8) De toute agression restraignant l'imprudence,

Le MOSCOVITE voit d'un œil de patience,

Déborder à grands flots ce torrent irrité,

Qui réclame le prix d'un tort non intenté.

Sur la fin du conflit sans nulle inquiétude,

Il l'attend de pied ferme, en guerrière attitude.

Les jours mis en péril même du souverain,

Ne sauroient l'arracher à ce calme serein,

Qui fixe son regard, sans autrement l'abattre,

Sur l'amas de brigands qu'il doit bientôt combattre.

La tâche, cependant, de veiller, de pourvoir

Aux moyens assurés de confondre l'espoir

Du spoliateur CORSE et de sa troupe immense,

Attiroit sur le RUSSE une énorme dépense,

Pour rassembler du bout de ses lointains états,

Ses guerriers, d'ailleurs prêts à voler aux combats.

(9) Lors, contre elle naguère encor qu'il fût en ligue,

Le concert d'ALBION en confiance il brigue,

Qui, tous les torts passés livre au flux de l'oubli,
L'aide de ses trésors, et fait cause avec lui.

Semblable au fier limier en quête de sa proie,
Du CORSE jusqu'alors rien n'obstruoit la voie.
Mais, las ! de son progrès il s'applaudit en vain ;
Déçu dans son espoir d'un copieux butin !
De toutes parts la plaine, à son avide vue,
N'offre que vastes champs, d'une immense étendue,
Dévastés par la main de leurs cultivateurs,
De la flâme attestant les voraces fureurs.
Le RUSSE, à l'ennemi, qui de tout temps fit face,
Affecte, en reculant, de l'effroi la disgrace.
Amorcés par l'attrait de succès apparens,
Les chefs pressent les pas de leurs hostiles rangs :
Et bientôt de SMOLENSK l'ondoyante fumée
Proclame au loin l'émoi d'une ville enflâmée ;
De dépouilles léger, l'ennemi se résoud
A pousser ses exploits vers l'antique MOSCOU,
Dont les murs opulens et l'immensé richesse,
D'un plus ample butin présentent la promesse.
(10) Sybarites, vaillans éloignés du danger,
Mais, défaillans alors qu'il faut l'envisager ;
Du brave MOSCOVITE, admirez le courage,
Et voyez-le du sort, calme, affronter la rage !
Il n'est pour les grands cœurs d'impossibles efforts,
Quand de l'indépendence ils sentent les transports.

Oh spectacle imposant ! héroïsme terrible !
D'une vaste cité, le citoyen paisible,
Pour ravir ses foyers aux fureurs du tyran,
Applique à ses pourpris le flambeau dévorant!....
Mais sans fruit ne sera long-temps le sacrifice ;
De son souffle BOREE, à son courroux propice,
Avant peu va purger l'empire des frimas,
De ces essaims nombreux d'avides scélérats.

 Despotes redoutés ! issus d'humble origine,
Ou de race royale et du trône voisine ;
Ah ! songez aux périls de l'abus du pouvoir !
Et qu'asservis aux lois d'un souverain vouloir,
Des milliers de sujets, quoique l'orgueil en pense,
Du sort à votre égal entraînent la balance :
Et souvenez-vous bien qu'aux yeux de l'éternel,
Le pauvre et le Monarque ont mêmes droits d'appel.—
 Nouveau SANACHERIB ! à la terre alarmée,
Dis ; enfin qu'as-tu fait de ta nombreuse armée ?
Que sont-ils devenus, ces affreux escadrons,
Qui devoient mettre aux fers les tristes AQUILONS ?
Le souffle de leur voix terrible et mugissante,
Au silence a réduit ta jactance arrogante ;
De l'âpre et sombre Hyver le murmure fatal,
Prend la place des chants de l'hymne triomphal.
Sur leurs ailes, des vents l'insurmontable audace
Apporte le grésil, et la neige et la glace ;

Ton arrière arrêté, par mille affreux fléaux,
Rencontre sur ses pas (triste surcroît de maux)
Cossaques et Calmoucks, sur lui lâchés par horde,
Rendus sourds à la voix de la miséricorde.—

(11) Dis, Muse, que faisoit alors le Rodomont,
Traînant tant de forçats, et par val et par mont,
Tous affrontans la mort au gré de son envie ?
Il songeoit, par la fuite, à prolonger sa vie.
Agresseurs dédaigneux ! jouissez du tableau !
De peaux enveloppé, sur un frêle traîneau,
Non moins glacé de peur, que transi de froidure,
Tel qu'un voleur nocturne, errant à l'aventure,
Il traverse des champs tout couverts de verglas,
Pour échapper aux traits mérités du trépas,
Et dérober sa tête à la juste vengeance
De ceux qu'il provoqua par sa folle arrogance.
Ah ! si pour terminer ses appréhensions,
Il eût suffi du vol des malédictions,
Pour grand que fût l'espace entre son trône et l'ourse,
Un clin d'œil l'eût transmis au terme de sa course :
Mais, malgré les efforts d'un rigoureux hasard,
De Bellone il revint relever l'étendard.

Quoique de ces combats se tenant à distance,
Les Bretons, par leur or jeté dans la balance,
Du sort en grande part décidèrent l'arrêt :
Car en possession de l'attirail complet,

Et d'hommes, tous ardens à venger sa querelle,
La pauvreté du RUSSE étoit cependant telle,
Qu'avec peine il eût pu, tant vastes ses états,
Supporter le convoi de ses nombreux soldats,
Faute de ce métal, aliment de la guerre,
Qui, non moins que l'acier, rend la valeur prospère ;
Mais si prompt le secours rencontra le besoin,
Que le SCYTHE avant peu porta ses coups au loin.
Lors on vit de LEIPSICK, de DRESDE les déroutes,
Par des fleuves de sang, de France ouvrir les routes.

Infortuné pays ! par quels heureux efforts,
Pourras-tu désarmer les trop justes transports
De mille bataillons rassemblés pour ta perte ?
(12) Ah ! si le souvenir, de mainte insulte offerte,
Aiguise le tranchant de leurs glaives vengeurs,
A craindre est le retour permis à leurs fureurs.
Cependant il te reste encor une espérance ;
Le François seul peut voir les pleurs de l'innocence,
Et de sang altéré, sans aucun repentir,
Le répandre à grands flots, s'y baigner à plaisir.
Brise le joug honteux du vagabond insigne
Qui, tranchant du héros, n'est qu'un Thersite indigne.
De tes antiques rois le sceptre révéré,
Palladium certain de ton terroir sacré,
D'un juste repentir redevenu le gage,
Seul de tes ennemis peut désarmer la rage.—

(13) Sur cet espoir flatteur l'olive de la paix
De nouveau refleurit au séjour des forfaits.
Soit qu'un ciel plus serein, ou sa température,
Soudain des cœurs bannit tout vieux levain d'injure ;
Ou, que des mœurs, alors le mou relâchement
L'emportât sur l'aigreur du fier ressentiment ;
D'un oubli généreux la bénigne indulgence
Ravit le fer brillant au bras de la vengeance,
Et sans sur l'avenir exiger sureté,
Le pillage antérieur obtint l'impunité.

D'un si noble pardon, oh déplorable prime !
Mais qu'attendre de mieux d'un peuple qui, du crime,
Vingt-cinq ans parcourut les plus affreux degrés ;
Mort au sens des liens de tous devoirs sacrés ?
(14) Des sujets de Louis telle étoit l'habitude,
Quand enfin échappé de la tutelle rude
De l'âpre adversité, ce Prince à son insu,
Sans y avoir de part, surpris se vit promu,
Par l'influence Angloise, au trône de ses Pères.
Si l'utile creuset des humaines misères,
Comme ses familiers nous en font le rapport,
Lui fournit les moyens de purifier l'or,
De ces talens requis pour former le grand prince ;
Certes, ce jugement ne put être que mince,
Ou pour le bien public son amour fort léger,
Lorsque, pour son opprobre, ils purent l'engager

A remettre son sceptre en mains vaines et neuves,

Dont son petit lever seul attesta les preuves :

Ou qui teintes de sang, et promptes aux forfaits,

Des plus noirs attentats ne frémirent jamais.

Ramas d'hommes sans foi, sans pudeur, ou parole,

Ou, tels que leur service, ineptes et frivoles.

Mais du sage Louis, ce fut le triste écueil,

De vouloir allier l'ineptie et l'orgueil,

Aux talens consommés dans l'école du crime,

Qui dès long-temps tient tout, hors le bien, légitime.

Désormais à sa cour, la pauvre loyauté

Est soumise aux dégoûts de l'orgueil effronté.

D'assassins couverts d'or, l'insolente hardiesse,

Du Royaliste, insulte à la noble détresse,

Qui, rouge encor du sang répandu pour son roi,

A peine d'un coup d'œil voit repayer sa foi.

Trop heureux, si choqué de son extrême audace,

On ne le flétrit point du sceau de la disgrace :

Souris, bienfaits, emplois, dignités de l'état

Deviennent le butin de chaque renégat,

Qui cependant, honteux d'un maître pacifique,

A renverser son trône à son insu s'applique.

Mais hélas ! tout à coup d'où viennent ces clameurs,

Qui des bords du midi répandent leurs terreurs ?

De puissans potentats, l'excessive indulgence

N'a donc de la justice allégé la balance,

Ou d'un Prince allié mis des bornes aux droits,

Qu'afin de l'exposer à de nouveaux émois ?

Et d'ELBA le banni, de sujette origine,

Qui, du vice honteux parcourut la sentine,

Au pouvoir de son roi n'a donc été soustrait,

Que pour se replonger dans un plus grand forfait ?

Exemple périlleux, de présage funeste !

Au sujet turbulent qui la doctrine atteste,

Que, des rebellions l'attentat odieux,

N'est maintenant, au plus, qu'un métier hasardeux.

A son debarquement la déloyale clique,

En armes, sans retard poursuit sa course inique ;

Tandis que consterné, du fond de son palais,

LOUIS implore en vain les cœurs de ses sujets :

De la Défection la honte encor timide

Hésite, mais bientôt commune se décide ;

Ceux qui de la faveur eurent plus grande part,

Sont les premiers à fuir du conflit le hasard ;

Ou, sur les pas de NEY, s'empressant vers le CORSE,

Vont de ses rangs grossis croître encore la force.

(15) Le Monarque voyant que pour lui tous les bras

Se refusent, glacés, à braver les combats ;

D'un imprudent délai alarmé, pour la suite,

Etablit son salut sur l'aile de la fuite :

Et de France il étoit encor sur le terroir,

Que sur son trône il vit son rival se rasseoir.—

Tandis que les François attisoient leur discorde,
A Vienne assemblés pour fixer la concorde,
Les Potentats, entre eux réunis en congrès,
Travailloient aux moyens d'éterniser la paix :
Et leur tâche étoit presque arrivée à son terme,
Qui du commun accord rendoit la base ferme,
Quand, soudain arrachés à ce labeur heureux,
Il fallut recourir aux camps tumultueux.

Téméraire insensé ! quelle audace est la tienne !
Eh ! quoi ! se peut-il donc que plus ne te souvienne,
Qu'épuisée en efforts, naguères ta furie
Fit, d'un repos forcé, la rançon de ta vie ?
Ah tremble, avec les tiens, que, compromis par toi,
Le Ciel ne venge enfin vos manquemens de foi !—
Cependant l'agresseur, en mouvemens, alerte,
Comme s'il présageoit l'approche de sa perte,
Dans l'espoir de tirer parti de la lenteur,
Adresse à ses rivaux un message imposteur ;
Du pacte avec Louis le bienfait il réclame ;
D'avide conquérant feint d'abjurer le blâme,
Content à l'avenir de son trône usurpé :
Mais de sa fourbe enfin le charme est dissipé.
" Eh ! quoi ! sur ma parole on ne veut plus m'en croire !
" Eh bien ! soldats, dit-il, volons à la Victoire !
" Avec moi, tirez tous vos glaives meurtriers,
" Et volez sur mes pas vous couvrir de lauriers !

« Que, soumis, l'univers de vos coups retentisse,
« Ou qu'en larmes noyé, dans le sang il périsse ! »
Ceci dit, il s'applique à dresser ses soldats
Aux mouvemens divers qu'exigent les combats.
L'ennemi d'autre part, en toute diligence,
Se prépare à l'attaque, ainsi qu'à la défense.
Ses chefs non moins fameux en sagesse, en valeur ;
Leur cause est plus loyale, et leur motif l'honneur.
Après le court délai des retards nécessaires
Pour assurer leur plan sur ses bases prospères,
Chaque escadron s'émeut, et cherche le terrein,
Qui d'HECTOR et d'ACHILLE acheva le destin.
En avant, les Anglois, constans à leur usage,
Accourent les premiers de MARS braver la rage.
Quoique ce Dieu préside aux sanglans désarrois,
Amateur des festins, il banquète parfois :
Et honni soit celui qui quelque blâme attache
Aux passe-temps joyeux d'un innocent relâche !
A moins qu'empiétant sur les travaux guerriers,
Il n'élève le pampre au dessus des lauriers.
Mais malheur à ce chef, de qui la vigilance,
Par le plaisir trahie au sein de la bombance,
Lorsque de son armée en main il tient le sort,
Bercé par la mollesse, imprudemment s'endort !

Fas. Br.

B

Las ! Brunswick, tu n'es plus ! mais qu'à jamais la Gloire
D'un laurier toujours verd couronne ta mémoire !
Puisque sans cesse prêt à braver le trépas
Tu sonnas le premier l'alarme des combats ;
Et d'assaillans fougueux sans calculer le nombre,
Seul, tu soutins le choc, avec ta troupe sombre !

Du Héros dans le deuil, et de noir accoutré,
Tout peignoit le chagrin dont il étoit navré :
Et la mort à ses yeux ne paroissoit que chère,
S'il mouroit en vengeant le trépas de son père.
Ce fut là son serment—ah bénisse le ciel
Ce noble sacrifice à l'amour paternel !

Mais, tel qu'un ouragan, quelle est cette puissance,
Plus rapide que l'air, qui terrible s'avance ?
C'est l'heureux WELLINGTON, ce fils chéri de MARS,
Qui de combats douteux vient fixer les hasards.
Le choc privé se tait ; générale est la charge ;
Sur des ailes de feu, le trépas vole au large :
Fantassins, cavaliers, les hommes, les chevaux
Se pressent des deux parts, et tombent par monceaux :
Armes, chefs et soldats gissent sur la poussière ;
Les blessés, d'un ami, pour grâce singulière,
Dans l'excès délirant d'un angoisseux transport,
Implorent à grands cris le bienfait de la mort.

Le fer vient à son tour ajouter au carnage ;
Les vainqueurs dans la joie, et les vaincus en rage,
Assourdissent le ciel de confuses clameurs,
Et tout pendant trois jours n'est qu'un chaos d'horreurs.
    Pour cette fois, Tyran, ton ardeur sanguinaire
Au gré de tes souhaits a pu se satisfaire !
Car les pleurs et le sang, à pleins flots ont coulé :
Mais sache que la Parque a sans retour filé
De ton règne odieux la criminelle trame ;
Terrible fut l'effort de cette lutte infâme !
Mais consolons-nous en, puisqu'il est le dernier,
Indigne de la tombe, où le juste guerrier
Consigne le dépôt d'une honorable vie,
Des mortels abhorré, vis pour l'ignominie,
Due à ce vil esclave, ennemi des humains,
Qui, sous ses pieds, aspire à fouler leurs destins.
Dévoré par la soif d'une juste vengeance,
Avec ses Prussiens, vois Blucher qui s'avance,
Pour clore de leur sceau les célestes arrêts :
Mais le chant des vainqueurs, attestant leurs succès,
Disperse enfin l'effroi de plus sinistre suite,
Et de Napoleon proclame au loin la fuite.
    La Guerre désormais dépose ses fureurs,
Et n'offre plus à l'œil que partis de chasseurs,
Pour qui la capitale est le prix de la course,
Tous de la promptitude épuisant la ressource

(16) Pire que BABYLONE, égoût de tous les vices,

Ah ! cette fois, dis-nous, quels heureux artifices

Serviront de remparts à tes coupables murs,

Où le crime et la mort mêlant leurs pas impurs,

Du plus affreux cynisme étalent l'impudence,

Sous ombre de gaîté, dans leur lubrique danse ?

As-tu quelque parjure, encor non controuvé ?

Quel nœud constitutif n'as-tu pas éprouvé,

De pouvoir suffisant à parer ta ruine,

Et surseoir à l'arrêt de la fureur divine ?

Sans délai, hâte-toi d'amorcer l'hameçon,

S'il en est de pouvoir à causer ta rançon !

Somme de la Raison ta fameuse Déesse ;

Tous les instans sont chers ; dis lui qu'elle s'empresse :

Au lieu de tes soldats de coups défigurés,

Entassés par monceaux, dans la fange enterrés ;

Peut-être que formée en galantes cohortes,

De ses nymphes la troupe aux manières accortes,

Interposant en corps son joyeux boulevard,

Et présentant à l'œil l'assemblage gaillard

De mille attraits lascifs, d'irrésistibles charmes,

Des mains de l'ennemi fera tomber les armes.

Cependant le fuyard des champs de WATERLOU

A peine du trépas eut esquivé le coup,

Qu'adroit palliateur formé par l'habitude,

Il veut de ses méfaits voiler la turpitude ;

De son désastre affreux peignant le résultat,
S'efforce par des mots d'éblouir son sénat :
Et toujours prolongeant l'engoûment des conquêtes,
Rejète sur autrui le tort de ses défaites ;
A de nouveaux efforts tente la vanité
D'un sot peuple repu d'invincibilité.
   Mais Ney plus franc déclare entière la déroute,
Qui du sénat rebelle alors fixe le doute :
Tous d'un commun accord adoptent le dessein
De reprendre le joug du Monarque bénin,
Qui, des Anglois vainqueurs, attendant sur l'arrière,
De sujets révoltés accueillit la prière,
Et de nouveau redut sa couronne aux efforts
Du peuple hospitalier qui l'admit sur ses bords.
Ah puisse le bienfait, tout le cours de sa vie,
Assourdir son oreille à la jalouse envie !
   Désormais tout espoir déserte le Tyran ;
Et de coin en recoin portant un pied errant ;
Tel qu'un esprit en peine, au regard louche et sombre,
Il tressaille d'alarme à l'aspect de son ombre.
Plus stable de Louis devenoit le pouvoir,
(17) Plus de Napoleon croissoit le désespoir.
L'Amérique à ses yeux offroit un sûr azile,
Si le départ de France eût été plus facile :
Mais des Anglois partout les agiles vaisseaux
Tenoient, de tous côtés, les passages enclos,

Et présentoient à l'œil des murs inaccessibles,

A des gardes commis, par l'or incorruptibles.

La Fortune sur lui, dans ce triste abandon,

D'heure en heure tournant un plus austère front,

Ne lui laisse entrevoir que piége ou perfidie,

Lui ravissant le bien de compter sur sa vie,

D'ennemis entouré, de soins circonvenu,

Sans presque aucun espoir d'assurer son salut,

Il fonda son recours en cet état douteux,

Sur l'hospice certain des Anglois généreux,

Toujours prêts à suspendre une inutile haîne,

Ou d'un rival défait à soulager la peine :

Et certes, du malheur si l'austère leçon

N'a point fermé l'accès à la saine raison,

Il ne peut qu'applaudir à l'heureuse pensée,

Qui lui concilia l'Angleterre offensée :

Et puisque l'existence a pour lui tant d'appas,

Il dut lui savoir gré d'échapper au trépas,

Sans autre injonction qu'une oisive indolence,

Par elle surveillée avec vaste dépense.

(18) Demeuré sans rival, plus ferme en son pouvoir,

En état de juger ceux qui dans leur devoir

S'étoient montrés d'esprit ou vacillant ou stable,

Les faits encor récens rendoient Louis capable

De prouver à quel point les leçons du malheur

Avoient de sa sagesse accru la profondeur.

Maintenant l'équité révolutionnaire,
Sans aucun doute avoit mis en pleine lumière
Quel fond pouvoit placer un légitime Roi
Sur un tas de brigands sans parole et sans foi.
L'indiscrette bonté, l'aveugle confiance
Avoient perdu l'état ; et contre l'espérance,
Avoient prouvé que dons, talens, emplois, bienfaits
Aux scélérats ne sont qu'une amorce aux forfaits :
Et l'ordre proscrivoit l'amalgame effronté
Du vil Jacobinisme avec la Loyauté.

Alors donc que LOUIS, dans un triste délire,
A FOUCHE, TALLEYRAND confia son empire,
A l'aventure il mit du Public le salut,
Et d'un coup malheureux poignarda la vertu,
En comblant de ses dons, l'impudence du vice,
Sans de la probité repayer le service.
De là dépits jaloux, ressentimens secrets
Ulcèrent tous les cœurs des plus cuisans regrets.
(19) Par les nœuds du malheur en union tenue,
L'heure d'un sort plus doux à peine est survenue,
Que soudain la famille isolée, à l'écart,
Avec son chef paroît faire intérêt à part ;
Puis des opinions marquant la différence,
Vouloir des nœuds du sang reculer la distance.
Ainsi lorsque la Paix promettoit à chacun
Un Père s'occupant du bien-être commun,

Une autre fois Louis commit l'erreur fatale,
De reparoître en Roi d'une clique infernale.
  Mais, Muse, c'est assez des coupables François
Rappeler les anciens et les présens forfaits :
Gardons d'anticiper la dégoutante histoire
Des crimes à flétrir de nos fils la mémoire.
Le Poëte aujourd'hui n'en trace le tableau,
Qu'excité par l'espoir, qu'ainsi, RAPIN nouveau,
Il pourra conjurer, par ses accens lugubres,
Loin des peuples Bretons les suites insalubres,
Et garantir leur ciel des miasmes de mort,
Qu'entraîne sur ses pas chaque civil discord.
  Si d'un triste censeur l'humeur sombre et chagrine
Lui reproche, que né d'étrangère origine,
C'est à tort qu'il se fait un malséant devis,
Du sort calamiteux opprimant son pays ;
Sa réponse sera, qu'à Socrate propice,
Il croit lui moins devoir qu'à la stricte justice :
Et qu'un sophiste seul peut blâmer le transport
Du nourrisson pieux associant son sort,
Au destin, quel qu'il soit, de la nourrice tendre,
Qui, charitable, prit sur soi de le défendre
Des coups d'une marâtre au cœur dénaturé,
Lorsqu'il alloit, par elle, être au trépas livré.
  Déesse hospitalière ! ô Divine ALBION !
Daigne entendre les vœux d'un fils d'adoption !

Nés dans ton heureux sein, puissent ses heureux frères
Persister à jamais dans les routes austères
Des plus strictes devoirs, tant sacrés que moraux !
De leurs nobles aïeux imitant les travaux,
Sans jamais s'écarter de leurs sages maximes,
Révérer et chérir leurs Princes légitimes ;
En tout temps déférer à leur autorité,
Et des Francs de nos jours haïr la liberté ! -
Priser de leur REGENT l'estimable tutelle,
Qui comble leur destin d'une gloire immortelle !

    Digne héritier, rempli de l'esprit de leurs rois,
Quel éclat n'a-t-il pas versé sur leurs exploits ?
De l'état la fortune expirante, attérée,
Se vit par lui soudain d'abaissement tirée.
Ne fut-ce pas sa voix qui causa le réveil
Des peuples d'alentour, qu'un indigne sommeil
Retenoit assoupis sous ses pavots perfides,
Tandis que l'ennemi chargeoit leurs mains timides
De ses ignobles fers ? De nos réformateurs,
Sous tous points différent, quand ces déclamateurs,
Bénévoles Patrons de la race Africaine,
Se livroient aux transports d'une ardeur puritaine,
Pour assurer des Noirs la pleine liberté ;
Du généreux REGENT la noble humanité
Appliqua sa puissance à rompre l'esclavage
Des gens de sa couleur. O toi dont le courage,

Par son ordre, acheva ce labeur périlleux,
Dis-nous, vaillant EXMOUTH, si l'attentat affreux
Qui remplit tous les cœurs d'une juste épouvante
Eût frappé ton oreille, en ta carrière errante;
L'eusses-tu jamais cru?—qu'un Anglois forcené
Pût être à sa naissance au crime destiné,
Et tellement saisi d'une rage assassine,
Qu'il voulût surpasser l'école transmarine?

Ah! Bretons! abjurez ces principes maudits,
Opprobre du coupable, ainsi que du pays.
Ce REGENT sur lequel votre fureur s'attache,
Pour plusieurs d'entre vous naguère étoit sans tache:
De vos agitateurs les plus tendres amours,
Lors son éloge enfloit vos fastueux discours—
Oui—mais il improuvoit les conseils de son père—
A la Démagogie aujourd'hui réfractaire,
Juste appréciateur des intérêts de tous,
L'Egoïsme a donc seul causé ce grand courroux?
Oh désastreux effet d'une vile arrogance!
Quand, méritant le plus notre reconnoissance;
Alors que vingt états déférant à sa voix,
Ont avec lui borné les rapides exploits
D'un odieux Tyran, d'un ennemi perfide,
Plus qu'il n'en fut jamais, du sang Anglois avide,
Qui pourroit sans horreur un instant y songer?
Ses bienfaits sont des torts que sa mort doit venger!

Protecteur de cette île, oh ! bienveillant Génie !
Veille sur chaque instant de son auguste vie !
Et plutôt que vouloir en arrêter le cours,
Abrège, s'il le faut, la longueur de nos jours !
(20) Et quoique la Paix semble avoir banni la Guerre,
Etends sur nos héros ton égide prospère :
Des Bretons la fortune a pris un vol trop haut
Pour permettre aux jaloux de rester en défaut.
Mais écarte surtout de ton île chérie,
Des démêlés civils l'implacable furie ;
Et puissent redoutés tes flottans étendards
De ce globe arbitrer les intérêts épars ?

FIN DES FASTES BRITANNIQUES.

ODE

*Sur l'Expulsion des François hors du Portugal ; dédiée
au Duc Field-Marshal Lord Wellington et à ses
braves Compagnons d'Armes.*

———————

Du sein du noir Erèbe, implacable Bellone,
Quel Démon échappé, redoublant tes fureurs,
Complaisamment se rit du deuil qui t'environne,
Et met sa seule joie à s'enivrer de pleurs ?
Si, parmi les mortels, ce monstre prit naissance,
La Corse en ses forêts abrita son enfance,
Une hyène lascive en ses flancs l'a porté ;
Et suçant chaque jour ses hideuses mamelles,
Il but la soif du sang et ses ardeurs cruelles,
Dont son horrible cœur sans cesse est tourmenté.

Depuis qu'Astrée au ciel fut contrainte à la fuite,
En son absence Até gouverne l'univers ;
Le soin de traverser tout bonheur qui l'irrite
Est l'emploi le plus doux de son esprit pervers.
Par un concert fatal, l'Injustice et la Guerre
Se font un jeu cruel de désoler la Terre,
En proie abandonnée à mille affreux fléaux ;
Mais nul n'ajoute plus au malheur qui la presse,
Que le feu dévorant de l'assassine ivresse,
Que Mars allume au sein d'un féroce héros.

L'art fameux des Guerriers, et leur funeste gloire,
Même aux yeux du vulgaire, ont besoin de pardon ;
Et ce n'est qu'à regret que souvent la Victoire
Sur un sanglant trophée élève leur renom.
Au vôtre aspirez-vous, Vainqueurs, qu'elle applaudisse :
Que sa base toujours reste sur la justice,
Au lieu de s'appuyer sur des monceaux de morts ;
Némésis même abhorre un soldat sanguinaire ;
De ses brandons ardens, il n'est dépositaire,
Que pour punir, et non multiplier les torts.

De la Nécessité, Fille vindicative,
Elle est pourtant soumise aux lois de l'Equité ;
De son Père divin la voix impérative
Prescrit toujours un terme à sa sévérité :
Si la peine parfois outrepasse l'offense,
C'est moins pour le plaisir d'une affreuse vengeance,
Qu'afin, par la terreur, d'en arrêter le cours ;
Mais ses serpens jamais ne sont plus redoutables,
Que lorsqu'ils sont lancés contre ces Chefs coupables,
Qui des foibles humains ont prodigué les jours.

De la raison des Rois terribles interprêtes,
Qui tenez à devoir de servir leurs fureurs,
Des malédictions qui menacent vos têtes,
A temps par la pitié détournez les horreurs.

De vos soldats en vain le Sang vous trouve avares,
Si, jouets malheureux de mille excès barbares,
Et tristes monumens de vos brutalités,
Les peuples envahis attestent le passage
De Démons altérés de meurtre et de carnage,
Déchaînant tous les maux par l'Enfer inventés.

Las ! tel est du François le malfaisant Génie,
Depuis que secouant la restreinte des lois,
Dans l'insolent transport de son ardeur impie,
Il méconnut le joug de ses antiques rois.
Des crimes les plus noirs faisant sa seule étude,
Avide de forfaits, il en prit l'habitude,
Et ne respira plus que pour les attentats ;
Insensible aux remords, sa rage fratricide
Ne connoît plus d'horreurs dont son cœur s'intimide,
Dans l'art approfondi d'infliger le trépas.

Tels ne sont point, Bretons, vos Guerriers invincibles ;
Quelque part que la Gloire appèle leur valeur,
La Foiblesse jamais ne les trouve inflexibles,
Et la Pitié toujours tempère leur ardeur.
Leur grand cœur intrépide au milieu des alarmes,
Rempli d'un saint respect pour l'honneur de leurs armes,
Dédaigne avec fierté tous féroces excès ;
L'Ordre en tous lieux, réglant leur marche triomphante,

S'applique à consoler l'humanité souffrante,
Par les bienfaits contrainte à bénir leurs succès.

Muses, qu'il vous soit cher, ce Guerrier magnanime,
Qui, par le Ciel commis à venger les humains,
Permet, dans les transports d'un Courroux légitime,
Que la tendre Pitié lui désarme les mains !
Que toujours ses Drapeaux précèdent la Victoire !
Dans vos doctes concerts confirmez sa mémoire ;
Honneur de son pays, qu'il en soit honoré !
Et puisse le Brigand, qui ne cherche en la guerre,
Que l'odieux plaisir d'ensanglanter la terre,
Ne laisser après lui qu'un renom abhorré !

Mais c'est de trop d'horreurs vous attrister l'oreille ;
Un sujet plus touchant invite vos accords :
Une impulsion sainte, à nulle autre pareille,
Echauffe un peuple entier de ses divins transports.
Soudain la charité se voit bâtir un temple,
Où mille adorateurs se disputant l'exemple,
Présentent leurs tributs en flots tumultueux ;
Et prouvent l'axiôme aux tyrans effroyable,
Que, toujours de leur joug ennemi formidable,
Le peuple le plus libre est le plus vertueux.

EXTRAIT

FASTES DE LA NATION FRANÇOISE.

Première Race de ses Rois.

———

Des enfans d'Albion, jadis chantant la gloire,
J'inscrivis leurs vertus au Temple de Mémoire :
Aujourd'hui, déplorant les maux de l'univers,
Je dirai les exploits et les forfaits divers,
Qui, des Francs signalant l'homicide courage,
Ont transformé le monde en un champ de carnage.

O sainte Humanité, viens échauffer mon cœur,
De cet amour du juste, et surtout de l'horreur,
Que doivent inspirer, à l'homme débonnaire,
Ces lauriers odieux d'un héros sanguinaire.

L'Ascendant des Romains triomphant des Gaulois,
Les avoit asservis à l'empire des lois :

Fas. Br.

C

Mais les restrictions, de leur joug salutaire,
Avoient éteint en eux leur audace première.
Dépouillés désormais de leur férocité,
Les Arts, l'agriculture et la propriété
Bannirent de leurs cœurs cette ardeur belliqueuse,
Qui, les précipitant dans leur course hasardeuse,
Jadis franchit le Tibre, alarmé pour son bord,
Et porta jusqu'à Rome et la flamme et la mort.
    Naguères remplacé par le Christianisme,
Le Dogme enhardissant du sombre Druidisme,
Qui leur faisoit braver la douleur, le trépas,
En eux n'allumoit plus la fureur des combats.
Dès qu'ils eurent de Rome avoué la puissance,
Ils se tinrent exempts du soin de leur défense.—
    Des Romains, cependant, l'empire si vanté,
Enfin, touchoit aux jours de la caducité.
Afin d'en déguiser l'impuissante vieillesse,
De pompe s'entourant, plongés dans la mollesse,
Sur leur trône ébranlé, croulant de toutes parts,
Des Princes sans vertu, d'imbécilles Césars,
A des peuples osant déjà les méconnoître,
Parloient encor parfois le langage d'un maître :
Mais vains représentans des fils de Romulus,
Leur voix étoit sans force ; ils n'en imposoient plus.
    Par élans convulsifs, du Nord, les fourmilières
Vomissoient, de leurs flancs, ces hordes meurtrières

Qui, partout, se faisant précéder par l'effroi,
Ne laissoient que l'horreur et la mort après soi.
Allemans, Bourguignons, le Goth et le Vandale
Déchaînent, en torrens, leur bravoure brutale :
Sur leurs traces, les Francs, jusqu'aux rives du Rhin,
Par la flamme et le fer, s'ouvrirent un chemin.
Sans nulle autre vertu qu'une valeur atroce,
Dévastant, massacrant dans leur transport féroce,
Fiers de leur ignorance et de leurs longs cheveux,
Brigands qui commandoient à des brigands comme eux,
Aux bois Franconiens, existans de rapine,
Des monarques des Francs, telle fut l'origine.

Dès long-temps déchiré de troubles intestins
L'Empire se hâtoit vers ses derniers destins ;
Et, par ces vagabonds, ses imbécilles Princes
Se voyoient, chaque jour, ravir quelques provinces.
Leur opposant sans cesse un généreux effort,
Le vaillant Ætius les réprimoit encor :
Mais Valentinien, dans sa rage assassine,
Par la mort du héros, complète sa ruine.

Aux Francs, la Gaule alors n'offre plus de remparts,
Et les voit infester ses champs de toutes parts ;
Le Rhin lui prête encor l'appui de sa barrière,
Sans pouvoir, de Clovis, arrêter la carrière :
Jusqu'à Soissons, poussant le cours de ses exploits,
Le Sicambre, au combat, vient sommer les Gaulois ;

D'accepter le défi, leur chef a l'imprudence ;
Et, du fougueux Clovis, la farouche vaillance,
Semant partout la mort, dans ses rangs qu'il abat,
Le contraint à la fuite et se forme un état.
D'un vainqueur enragé, pour garantir sa tête,
Parmi les Visigoths, le vaincu fait retraite ;
Mais bientôt réclamé par ce Prince inhumain,
Il voit trancher ses jours par un fer assassin.

Lors, Clovis, couronné des mains de la victoire,
Faisoit sentir son joug jusqu'aux bords de la Loire,
Quand ses états du Rhin, de soldats dégarnis,
Par un autre Brigand se virent envahis :
Mais, du Thuringien, pour châtier l'audace,
Aussi prompt que l'éclair, il vole sur sa trace ;—
Et, lavant, par le sang, l'affront qu'il en reçut,
En grève ses sujets du fardeau d'un tribut.

A tous ses ennemis, déjà si redoutable,
Afin, à ses voisins, d'être plus formidable,
A peine de retour, triomphant à Soissons,
Par Clotilde, il s'allie au Roi des Bourguignons.
Quoiqu'imbu des erreurs d'un faux Polythéisme,
Le Prince Franc penchoit vers le Christianisme ;
Les charmes de Clotilde et ses douces vertus
Ebranloient chaque jour ses esprits combattus :
De Tolbiac enfin la sanglante journée
Fait triompher la foi dans son âme étonnée ;

Et, du Dieu des Chrétiens sectateur affermi,
Il vient lui rendre hommage aux pieds de Saint Remy.
Que ne pût le baptême, et son eau salutaire
Eteindre de son cœur l'appétit sanguinaire!

Mais toujours dévoré de la soif des combats
Sur l'oncle de sa femme il lâche ses soldats :
Par le fer et la flamme éclairant son passage,
Il remplit tous les lieux de sac et de pillage ;
Et, poursuivant toujours les pas du Bourguignon,
Il le vient assiéger, jusque dans Avignon,
Où, du Prince pressé, la longue résistance,
A la fin de Clovis, fatigant la constance,
Il offre à Gondebaud d'en recevoir tribut,
Qui, pour l'heure, accorda tout ce que l'on voulut.

Au Bourguignon, brûlant de réparer ses pertes,
Les routes de Lyon à peine sont ouvertes,
Qu'il s'y vient préparer à de nouveaux combats,
Et finit par se voir ravir tous ses états.
De Clovis, cependant l'humeur toujours avide,
A l'y réintégrer ensuite se décide :
Puis soudain allié du Roi Théodoric,
Il vient fondre avec lui sur son gendre Alaric.
Le Visigoth, du Franc, rencontre la furie,
Et termine en héros son honorable vie.

Dès lors, rien de Clovis n'arrête plus l'effort ;
Et, du Prince vaincu, les villes, le trésor

Du bâtard Gésalic, malgré la résistance
D'un rapace vainqueur tombent en la puissance.
Le désir de venger le trépas d'Alaric,
Contre son oppresseur, arme Théodoric.
Arles, de tous côtés, par les Francs assiégée,
Touchoit presque à l'instant de se voir saccagée,
Quand sur les pas d'Hibba, vinrent les Ostrogoths,
Qui, des assiégeans ruinant les travaux,
Ne leur laissent l'espoir d'aucune autre retraite,
Que la calamité d'une entière défaite.
  · Clovis, pour oublier les revers du midi,
Se cherche, à l'occident, un nouvel ennemi :
Renonçant donc alors à la guerre Gothique,
Il convoite, à son tour, la Bretagne Armorique ;—
A ses peuples, dictant ses tyranniques lois,
Il dépouille leurs chefs des noms pompeux de Rois,
Qui, désormais, contraints de souscrire à leur honte,
N'affectent que le titre ou de Duc ou de Comte.
  Le désir effréné du pouvoir souverain,
Bientôt, du conquérant, fait un vil assassin.
Clodoric, pour complaire au monstre qui le guide,
Plonge au sein de son père un poignard parricide :
Et soudain, à son tour, victime de Clovis,
Par le fer, de son crime il résigne le prix.
  Au remords étranger, lo Monarque féroce,
N'en marche que plus ferme en sa carrière atroce.

Cararic et son fils, du Tyran soupçonneux,
Désarment sa fureur, en perdant leurs cheveux :
Mais soudain, au regret, sa clémence se livre,
Et sitôt par son ordre ils ont cessé de vivre.
Puis par la soif du sang chaque jour dévoré,
Les nœuds les plus étroits n'ont plus rien de sacré.
S'étant, par trahison, fait livrer Ranacaire,
De sa main il le tue, ainsi que Richiaire ;
Et toujours acharné contre son propre sang,
De Ranomer, au Maine, il fait percer le flanc.

Barbare ambitieux, Monarque tyrannique,
Sous la religion pliant par politique,
Tels furent de Clovis, la vie et les destins,
Par quelques-uns placé dans la gloire des Saints.—

Quatre Princes, issus de cette souche impure,
De leur père héritant la féroce nature,
Respirant, comme lui, le meurtre, l'attentat,
Se partagent d'abord son spacieux état.
Théodoric, à Metz, règne sur l'Austrasie ;
Et ses frères encor sourds à la jalousie,
D'un partage inégal reconnoissant les lois,
A Soissons, à Paris et sur l'Orléannois,
Tous les trois déployant l'orgueil du Diadème,
Exercent, pour leur part, l'autorité suprême.

Après dix ans passés dans des jours d'alcyons,
La guerre et ses fureurs et les divisions,

Répandant de nouveau leur cruelle influence,
Appellent sur leurs pas la mort et la vengeance.
Hermanfroi, de concert avec Théodoric,
Dépouille, aidé par lui, son frère Baldéric :
Puis, de l'Austrasien, trompant l'espoir avide,
Il lui retient sa part aux fruits du fratricide.
Le Prince, pour punir ce manquement de foi,
Se ligue avec Clotaire et dépouille Hermanfroi,
Qui, croyant du vainqueur désarmer la rancune,
Vient remettre en ses mains sa vie et sa fortune,
Et vainement leurré de l'espoir du pardon,
Périt à Tolbiac, par une trahison.

Théodoric, toujours de vertus moins sévère,
D'embûches à son tour environne Clotaire,
Qui de son frère, à temps, découvrant le projet,
A sa confusion, sait en rompre l'effet :
Puis l'Auvergnac rebelle encourant sa furie,
Et tremblant pour ses champs ainsi que pour sa vie,
Oppose à ce tyran un courageux effort ;
Mais il plie à la fin, sous la loi du plus fort.
Enfin, gorgé de sang, de crimes, de parjure,
Ce Prince, par sa mort, laisse en paix la nature.

Cependant, Childebert, Clotaire et Clodomir,
Tous les trois dévorés d'un cupide désir,
Déchaînant tout-à-coup leur ardeur meurtrière,
Ravagent les états du cousin de leur mère,

Qui, livré par les siens à ses fiers ennemis,
Est condamné, par eux, à périr dans un puits.

Sur ces frères bientôt la discorde inhumaine
Souffle les noirs venins de son hideuse haîne.
Gondemar profitant du conflit des voleurs,
De son peuple aux abois, répare les malheurs.
Aussitôt Clodomir, altéré de vengeance,
De Gondemar accourt châtier l'insolence ;
Et lançant le trépas parmi les Bourguignons
Il enfonce, il défait leurs nombreux escadrons :
Mais l'imprudent vainqueur, trop vif en sa poursuite,
Lave enfin dans son sang la honte de leur fuite.

La Mort de Clodomir, loin d'assurer la paix,
Ne fit que donner cours à de nouveaux forfaits.—
De leurs neveux, enfans, méprisant le bas age,
Clotaire et Childebert convoitent l'héritage.
A l'ombre du repos, sous ses paisibles lois,
Clotilde les formoit pour le trône des rois.
Par ces Princes pervers, d'un faux espoir leurrée,
Avec ses petits-fils, la Princesse attirée
Dans Paris pour les voir ceints du bandeau royal,
Les vit, presqu'en son séin, percés d'un fer brutal.

Ces deux Princes, toujours, altérés de rapine,
Du jeune Austrasien, complottent la ruine :
Mais trop rusé pour eux, l'adroit Théodebert,
Ebranlant leur dessein, s'unit à Childebert.

Entre eux ainsi d'accord, ces ambitieux princes
Soudain du Bourguignon saisissent les provinces ;
Gondemar, cependant, les leur dispute encor :
Mais enfin il succombe, après un vain effort ;
Et dès lors la Bourgogne unie avec la France,
Consolide d'autant son énorme puissance.

Théodebert, vainqueur des Romains et des Goths,
Réservoit les premiers à des revers nouveaux,
Lorsqu'un buffle fougueux, par lui mis en furie,
Met fin à ses projets en terminant sa vie.

Au sceptre Austrasien, héritier de ses droits,
Sept ans à ses sujets, Thibauld dicte des lois.
De ce Prince la mort qui du trône l'entraîne,
A ses oncles transmet son immense domaine :
Mais Clotaire toujours prêt à se prévaloir
Des moyens d'agrandir son injuste pouvoir,
Par adresse, excluant son frère du partage,
De son neveu défunt absorbe l'héritage.

Quoiqu'il parût souscrire à cet arrangement,
Childebert en nourrit un vif ressentiment,
Qui, des frères alors détruisant la concorde,
Alluma les brandons d'une affreuse discorde.
Pour un temps, Childebert, tenant ses vœux secrets,
De Clotaire s'applique à miner les projets :
Aux Saxons révoltés, sourdement il s'allie ;
Sous main, de son fils Cramne, arme la félonie,

Puis bientôt son dépit ne gardant plus d'égards,
Lui-même, il fait aux champs flotter ses étendards :
Mais enfin, par la mort surpris dans cette guerre,
Il termine, à Paris, sa coupable carrière.

Lors, Clotaire, affranchi de tous fâcheux débats
Sous un seul chef, des Francs, joint les vastes états.
Cramne qui reste ainsi, sans espoir d'assistance,
De son père offensé recourt à la clémence ;
Accessible aux remords de cet autre Absalon
Le Prince à ce rebelle accorde son pardon :
Mais l'esprit inquiet, qui toujours le tourmente,
De rechef déchaînant son humeur turbulente,
Du Comte de Bretagne, il recherche l'appui ;
Et l'imprudent Breton qui l'accueille chez lui,
Pour prix de son asile attire, sur sa tête,
Les carreaux foudroyans d'une horrible tempête.
Sur tous ses ennemis, ayant vengé ses torts,
La conscience en proie à mille affreux remords,
Trop tard reconnoissant un tribunal suprême,
Clotaire de son front voit fuir le Diadème.

Le Monarque des Francs plongé dans le tombeau
Livre l'empire aux lois d'un partage nouveau.
Quatre fils de ce roi, des temps suivant l'usage,
Se morcèlent entre eux son superbe héritage.
Chilpéric, cependant, s'empare de Paris ;
Mais contre lui bientôt ses frères réunis,

Fer en main, réclamans contre cette injustice,
Le contraignent, du sort, à subir le caprice.

Sur les Parisiens, élevé par son choix,
Caribert fait régner la justice et les lois ;
Prince instruit, libéral, modéré, pacifique,
Mais trop tyrannisé par son ardeur lubrique.

Au sceptre Orléannois, par le destin promu,
Gontran, à la foiblesse unit quelque vertu.
Des Bourguignons, d'abord, il relève le trône,
Qu'il fixe avec sa cour sur les bords de la Saone ;
Tandis que Chilpéric, qui règne sur Soissons,
A ses frères déjà réserve mille affronts.

Roi de Metz, Sigebert rencontre les Abarés,
Puis forçant à la paix le chef de ces barbares,
De Chilpéric revient punir l'avidité,
Réduit son fils défait à la captivité,
Et toujours contre lui poussant les représailles,
Il lui fait éprouver les revers des batailles,
Quand amis de la paix Gontran et Caribert
Désarment le courroux du fougueux Sigebert,
Qui, pour lors, de ces rois respectant l'entremise,
Suspend, sur Chilpéric, toute hostile entreprise.

Mais mûris par la haine et par l'ambition,
Les germes engourdis de la dissention,
Sans cesse cultivés par l'art de Frédégonde,
Produisent en forfaits leur récolte féconde.

D'esprit vindicatif, l'altière Brunéhaut,
Des peuples d'autre part est aussi le fléau.
D'abord, de Chilpéric, lascive concubine,
La première, en tyran, qui sur son cœur domine,
Réduite à Galsuinde à résigner son lit,
Livre son âme en proie au plus mortel dépit.
Mais son génie habile à déguiser sa haine
Par un assassinat dispose de la Reine.

Brunéhaut, de sa sœur pour venger le trépas,
Souffle sur les Rois Francs la fureur des combats ;
Et Chilpéric pliant sous le faix de la guerre,
Parvient de la princesse à calmer la colère,
En imposant silence à sa vive douleur,
Par l'entier abandon de la dot de sa sœur.—

A peine respirant de tant d'exploits barbares,
Sigebert est contraint de marcher aux Abares ;
Puis tombé dans les fers de ce peuple ennemi,
Du chef de ces brigands il se fait un ami.

De son côté Gontran ne fut pas plus tranquille ;
Car soudain des Lombards la multitude hostile,
Infeste les états du Prince Bourguignon.
Sur leurs pas attiré, le farouche Saxon,
Entraînant après soi le meurtre, le carnage,
Exerce sur ses champs un affreux brigandage.

Sigebert, récemment rentré dans ses états,
De Gontran vient encore augmenter l'embarras.

Ce n'est plus des deux parts que ruse et que surprise ;
Place prise ou rendue incontinent reprise :
Mais les deux Rois enfin lassés de ces discords,
De l'union entre eux resserrent les accords.

Cependant de ces Rois la mésintelligence
De même qu'une fièvre eut son intermittence ;
Tandis que Chilpéric, d'autre tempérament,
N'accordoit nul relâche à son ressentiment :
D'ailleurs époux docile aux vœux de Frédégonde,
Dont, contre Brunéhaut, l'inimitié profonde
S'épuisoit, chaque jour, en sinistres projets,
Il tenoit à plaisir d'en hâter le succès.

A son tour, Sigebert, pour plaire à son épouse
S'associe aux transports de son ardeur jalouse.
En vain entre eux Gontran veut faire contrepoids :
Chacun de son dépit, n'écoutant que la voix,
En aveugle suivant le transport qui le guide,
Brigue l'honneur cruel d'un brillant fratricide.
Théâtre des exploits de mille affreux rivaux,
Le Poitou, la Touraine et Paris et Bordeaux,
La Limoge, l'Anjou, le Querci, la Champagne,
Au sac virent livrer leur fertile campagne.

Après avoir de Mars partagé les faveurs,
De ce Dieu, Chilpéric éprouve les rigueurs ;
Rendu par Sigebert à son frère infidèle,
L'Austrasien partout le presse, le harcèle ;

Le chassant devant soi, s'empare de Paris,
L'investit dans Tournay, lui, sa femme et ses fils :
Déjà le fugitif sur sa tête coupable
Voyoit venir les coups d'un destin équitable,
Lorsque pour le soustraire à ce danger pressant,
Frédégonde aux remords toujours s'endurcissant,
D'un appas mercenaire indignement s'abaisse
De deux vils assassins à gagner la bassesse :
Au milieu de son camp, ils suivent le guerrier,
Et lui percent le sein d'un poignard meurtrier.

Tel le vaillant Edouard, aux champs de Palestine,
Faillit subir l'effort d'une main assassine,
Lorsque d'Eléonor le noble dévoûment
Arrache son époux des bords du monument :
Ou tel on vit Valois, sous un fer fanatique,
Succomber sous le bras d'un Moine frénétique.

Mais par l'effet qui suit ce coup inattendu,
En Chilpéric renaît son courage éperdu.
Dans Paris Brunéhaut naguères triomphante,
Subit de la prison la disgrâce infamante;
Quand, grâce à Gondebaud, le jeune Childebert,
Aux fers soustrait par lui, succède à Sigebert.

Commis de l'Austrasie à dépouiller la Reine,
Mérovée, à plaisir, s'engage sous sa chaîne :
La Princesse, du sort, pour écarter les coups,
Lui donne, avec le nom, les droits sacrés d'Epoux.

Mais Frédégonde à peine apprend ce mariage,

Que soudain les transports, de sa jalouse rage,

Eveillent dans son cœur d'affreux ressentimens,

Qui menacent les jours de ces tristes amans :

Puis à regret déçue en ses plans de vengeance,

Pour l'heure elle les borne aux chagrins de l'absence.

Childebert, par le temps sur le trône affermi,

Arrache enfin sa mère à ce monstre ennemi.

Lors les nombreux affronts de la triste Princesse,

La soif de les venger, la poursuivent sans cesse.

Par son crédit bientôt s'élèvent des deux parts

Les torches de Bellone et ses fiers étendards.

Mécontent du succès qu'il eut dans cette guerre,

Chilpéric, sur son fils décharge sa colère :

Le Prince qui s'attache à tromper son courroux,

D'un infâme assassin expire sous les coups.

Jusqu'alors tout alloit au gré de Frédégonde :

Des fils de son époux marâtre furibonde,

Du trône, par un seul, l'accès aux siens barré,

Par un crime de plus leur étoit assuré.

Un si puissant appas aisément la décide ;

Toujours sur Chilpéric son ascendant perfide,

A son gré, le rendant de son sang le bourreau,

L'infortuné Clovis suit son frère au tombeau.

Cependant, tour à tour le fléau de la guerre,

Des peuples des Rois Francs agravoit la misère.

A Childebert uni, le tyran de Soissons
Ravage les états du Roi des Bourguignons.
Gontran, de son neveu calmant la jalousie,
A son tour appuyé des forces d'Austrasie,
Tourne sur Chilpéric le reflux des combats.
Ce Prince fugitif, entouré d'embarras,
Arrêté tout-à-coup dans sa carrière active,
Et par elle d'ailleurs, de sa Reine lascive,
Appris à soupçonner les indignes amours,
Sous le poignard périt, pour assurer ses jours.

Soustraite au châtiment de sa flamme lubrique,
Frédégonde toujours souple en sa politique,
Du facile Gontran, pour s'assurer l'esprit,
Lui dévoile un traité par son neveu souscrit,
Qui, des deux alliés rompant l'intelligence,
Remplit leurs cœurs du fiel d'une sombre vengeance.

De Clotaire, au berceau, reconnu le tuteur,
Et de sa mère infâme indulgent protecteur,
Restaurateur des lois, vengeur de l'injustice,
Le Prince Bourguignon, au bon ordre propice,
Entrant dans le besoin des peuples agités,
Faisoit son seul objet de leurs prospérités,
Quand de quelques seigneurs la fougue turbulente
S'applique à traverser son ardeur bienfaisante.
Pour ramener des Francs l'empire à l'unité,
A leurs Rois, un rival est par eux suscité.

Fas. Br.   D

Par Clotaire, affectant une royale issue,
Après mainte aventure à Gondebaud échue,
Le Royal exilé, dans les murs Bysantins
Las de couler en paix de tranquilles destins,
Se laisse, par Boson, tirer de leurs retraites,
Et, de l'ambition, vient braver les tempêtes.
Childebert abusé, sur ses desseins secrets,
Du gré de son conseil assiste ses progrès,
Auxquels il applaudit dans son humeur jalouse.
Bientôt le Périgueux, Cahors, Bordeaux, Toulouse
Succombent sous l'effort du noble aventurier,
Qui, sur ses vains succès, trop prompt à se fier,
Dépêche vers Gontran un imprudent message,
Dont le fatal effet, nonobstant son courage,
Appaisant les discords des deux rois désunis,
Le livre en but aux coups de perfides amis.

Mais, des Francs jusques-là, les Princesses rivales,
Restreintes, par Gontran, dans leurs haines fatales,
A la mort, de ce Roi, qui les laisse sans frein,
Abandonne leurs cœurs au transport inhumain
D'une fureur alors d'autant plus ulcérée,
Qu'elle se vit jadis plus long-temps concentrée.
Rempli par Brunéhaut de l'ardeur des combats,
Childebert, de Clotaire envahit les états.

Frédégonde, à son tour, d'esprit non plus timide,
Remplit ses partisans de sa rage homicide ;

Avec Landri, se livre au tumulte des camps,
L'or en main du soldat, qu'elle cherche en ses rangs,
Par l'appas des bienfaits pour tenter son courage,
Va lui porter d'abord la prime du carnage.
L'accès, prémédité par de tels ennemis,
Ne laissoit nul espoir d'un benin compromis.
Partageant de leurs chefs les haines confirmées,
Pareille soif du sang dévoroit leurs armées :
Mais aux siens Frédégonde et son Génie ardent,
Sur les Austrasiens procurent l'ascendant,
Et, sous ses étendards, enchaînant la victoire,
S'enivrent des plaisirs d'une sanglante gloire ;
Puis afin, désormais, d'assurer son repos,
Childebert est par elle entouré de travaux :
Les Varnes par son vœu, le Comte de Bretagne,
De différens côtés, inondent la campagne :
Le Prince, des premiers, pour purger ses états,
S'en remet de rechef aux hasards des combats ;
Et, par eux rengagé dans les champs de la gloire,
De ces spoliateurs, il éteint la mémoire.

Mais triomphant, à peine il revoit ses foyers,
Qu'en cyprès le trépas vient changer ses lauriers.
Après lui, son épouse au tombeau descendue,
Laisse l'autorité, trop long-temps attendue,
Aux mains de Brunéhaut, dont les sombres ennuis
La préparent déjà, contre ses ennemis,

De ses petits enfans à tourner la puissance,
Par elle réservée à servir sa vengeance.
Tout récemment encor, la Reine de Soissons,
De sa haine implacable exhalant les poisons,
Contre elle déchaînant le Démon des batailles,
Rallume dans son cœur la soif des représailles.

Enfin, après trente ans, de gloire, de succès,
De talens, d'attentats, de travaux, de forfaits,
Et d'empoisonnemens, de meurtres, d'adultères,
Frédégonde finit des destins trop prospères :
Mais son esprit encor, par-delà le tombeau,
Devoit être funeste à ceux de Brunéhaut.
Clotaire, à son berceau, de la Princesse active,
Avoit sucé l'humeur âpre et vindicative,
Qui, du ressentiment, faisant son premier soin,
Soumettoit tout remords à cet affreux besoin.

Brunéhaut, de ses fils exerçant la puissance,
Sembla vouloir d'abord faire aimer sa régence.
Entre eux et leurs voisins appaisant tous débats,
On la crut abjurer la fureur des combats :
Mais trop inaccessible à l'oubli des injures,
Son cœur, par le pouvoir, sent rouvrir ses blessures.
De Clotaire, à ses fils, elle dépeint les torts ;
A réclamer leurs droits dirige leurs efforts ;
De ces Princes enfans, le généreux courage,
Aussitôt, les soumet au rude apprentissage,

Par lequel Mars éprouve et forme les héros :
Puis avec le secours du roi des Visigoths,
Ils contraignent Clotaire à leur faire justice,
Qui, lors forcé du sort à subir le caprice,
Mais le cœur toujours plein de sinistres projets,
Pour le moment accepte une honteuse paix.

Cependant, les discords, la sombre jalousie
Versoient leurs noirs poisons sur la cour d'Austrasie
Par Brunéhaut, des Grands les dépits irrités
Font épouser au Roi leurs animosités :
Puis maîtrisant bientôt sa jeunesse facile
Réduisent la Princesse à chercher un asile
Chez Thierri, qui, d'un fils tendre et respectueux,
Prodigue à son égard les soins affectueux.

Brunéhaut, qui jamais ne pardonna l'offense,
Aiguise à son loisir les traits de sa vengeance.
Du trône résolue à le faire déchoir,
Théodebert, objet de son malin vouloir,
Est, par elle, perdu dans l'esprit de son frère,
Qui, supprimant encor l'effet de sa colère,
Entreprend avec lui de dompter les Gascons :
Mais sitôt rappelé de par-delà les monts
Pour venir, de Clotaire, arrêter les ravages,
Théodebert jaloux des brillans avantages,
Par son frère obtenus sur le Prince agresseur,
Dans un accord soudain, enchaîne sa valeur.

Cette paix, cependant, fruit de la défiance,
Pour jamais, des deux Rois, rompit l'intelligence;
Et leurs cœurs, désormais, sans remords ni pitié,
Savourent le venin de leur inimitié.
Dès lors on ne vit plus que trèves, que ruptures,
Qu'assauts et que combats et que déconfitures :
Tour à tour des deux Rois les sujets égorgés,
Et leurs villes en flamme, et leurs champs ravagés;
Théodebert défait, s'enfuyant de Cologne,
Indignement tondu, par le Roi de Bourgogne,
Qui de lui redoutant quelqu'attentat nouveau,
Le précipite enfin dans la nuit du tombeau.

Spectateur attentif, l'ambitieux Clotaire,
De l'œil, avoit suivi le cours de cette guerre,
Sur Thierri, paroissant, avec tranquillité
S'en remettre du prix de sa neutralité :
Mais de Théodebert, la ruine certaine,
L'invite à s'avancer entre l'Oise et la Seine,
Dont soudain occupant les différens pays,
Il s'assure d'abord le salaire promis.

Le vainqueur d'Austrasie indigné de l'offense
Le somme de vider ces lieux de sa présence;
Puis appelant la force à l'appui de ses droits,
Il alloit recourir à la raison des Rois,
Quand la mort qui par lui reçut tant de victimes
Termine, enfin à Metz, et sa vie et ses crimes.

A Clotaire opportun, de Thierri le trépas
Entoure, avec ses fils, Brunéhaut d'embarras ;
Tout ne présente alors que cabale et que brigue ;
Les états du Roi mort sont en proie à l'intrigue :
La révolte, partout, la défection
Appelant après soi la désolation.
Des peuples désunis, de changement avides,
Des nobles mécontens, des courtisans perfides,
Pour renverser du trône un foible successeur,
Invitent du dehors un puissant oppresseur.

Cependant, Brunéhaut, quoiqu'au déclin de l'âge,
Recueille, en ce péril, son superbe courage ;
Mais le sort, s'appuyant de mille trahisons,
Se déclare, à la fin, pour le Roi de Soissons ;
Et dans sa barbarie, à nulle autre seconde,
Il livre Brunéhaut au fils de Frédégonde !

Lors, ce Prince féroce, opprobre des guerriers,
Sans égard ni respect pour ses propres lauriers,
Sourd à la voix du sang, dont la soif le tourmente,
Livre, aux mains des bourreaux, sa malheureuse tante :
Trois jours consécutifs, de ses tourmens affreux,
Il repaît, à plaisir, ses insensibles yeux ;
Et, sous les ans courbée, une femme, une Reine,
De ce cruel vainqueur, pour assouvir la haine,
En un sanglant trophée offert à ses soldats,
Est, pour eux, un objet d'insultes, d'attentats ;

Puis, d'un destin pervers, victime infortunée,
A travers de leur camp indignement traînée
Par un coursier fougueux, son corps, mis en lambeaux,
Trompe enfin les fureurs de ses lâches bourreaux.

Mais du Roi de Soissons l'affreuse politique,
Qui ramena les Francs sous un monarque unique,
En ce point concourut à leurs prospérités,
Qu'elle assoupit en eux leurs animosités.
Sitôt que, de l'empire, il se sentit le maître,
Il appliqua ses soins à faire disparoître
Les vestiges fâcheux tracés par ses fureurs.
Si quelquefois encor, par d'utiles rigueurs,
Pour réprimer des grands la pétulance altière,
Envers eux il se livre à son humeur austère,
C'est moins pour affecter un absolu pouvoir,
Que pour souscrire au vœu d'un imposant devoir.

Déjà, dans tout l'empire, une exacte police
Aux peuples dispensoit les fruits de la justice ;
Par le Monarque enfin les impôts allégés
Faisoient bénir son règne aux sujets soulagés ;
Et partout de la paix la bienfaisante olive
Etendoit son rameau sur sa sagesse active,
Quand, tout-à-coup, trahi par l'amour du repos,
A son fils il fait part du prix de ses travaux.

FIN DE L'EXTRAIT DES FASTES DE LA NATION
FRANÇOISE.

NOTES SUPPLÉMENTAIRES

AUX

FASTES BRITANNIQUES.

NOTES.

***

NOTE I.

Lorsque sur leurs desseins à temps désabusé,
George bannit au loin ce conseil insensé.

L'Administration éphémère, plaisamment qualifiée par le nom d'Administration des *Talens,* a cependant laissé derrière elle des suites assurément bien propres à en perpétuer le souvenir. Cette affectation de philanthropie universelle et de sensibilité aux privations des classes inférieures de l'état, à l'aide desquelles ceux qui la composoient s'efforcèrent constamment d'étendre leur popularité, ne dura que jusqu'à ce qu'ils eussent atteint l'objet de leur désir, qui étoit le pouvoir. Dès lors ils ne furent plus LES AMIS DU PEUPLE, autre titre par lequel ils avoient jadis désigné leur coterie désorganisatrice. Leur Patriarche, Mr. Fox, dans les débats où il entreprit de de justifier l'addition qu'il se proposoit de faire au fardeau des impositions existantes, eut l'impudeur de dire que ceux qui ne pouvoient se maintenir au premier étage de leurs maisons n'avoient qu'à monter au second ; que les habitans du second étage, s'ils trouvoient leurs moyens trop réduits, pouvoient monter au grenier, et les habitans du grenier en pareil cas n'avoient qu'à recourir à l'asile insalubre des caves. Le Ministre des finances, heureux, élève de cette école, particulièrement noté par son talent pour la danse, porta la taxe sur le revenu necessitée par le besoin de l'état, de cinq à dix pour cent, sans aucune autre justification de cet accroissement, que le désir de s'épargner la peine d'en venir à cette mesure, si par la suite elle devenoit nécessaire. La Russie, alors seule alliée de l'Angleterre, sollicitoit de celle-ci un emprunt, pour accélérer ses préparatifs hostiles contre l'ennemi commun. Mais ce ministère frugal, occupé uniquement à pourvoir aux besoins assez nombreux de ses faméliques suppôts, refusa par économie la demande, et la conséquence du refus produisit une réconciliation avec l'ennemi, une interruption de tout commerce, et l'exclusion des flottes Angloises de tous les ports septentrionaux qui dépendoient de cette puissance. A ces embarras, suscités au dehors, se joignirent les dissentions internes causées par les débats tumultueux, toujours enfantés par une fastueuse philanthropie, tant sur l'extinction du monopole du commerce de l'Inde, que sur la prétendue Emancipation Catholique. Enfin, toutes les opérations de ce ministère ne tendoient qu'à s'ériger en une oligarchie présidée par un fantôme de Roi, lorsque le Monarque, pleinement éclairé sur ses sinistres projets, saisit l'occasion de la mort du chef de ce parti, pour lui retirer sa confiance.

NOTE 2.

Fait de son peuple nul un peuple de soldats,
Et prête à l'Espagnol le secours de son bras.

Le Ministère qui succéda aux *Talens*, formé à l'école de Mr. Pitt, et par conséquent habitué à surveiller les projets ambitieux du tyran qui gouvernoit la France, ne balança jamais à prêter son secours aux puissances menacées, lorsqu'elles se montrèrent fermement décidées à faire résistance. Aussitôt donc que le Portugal se trouva en péril, il vola à son assistance ; et s'il ne put alors en empêcher la conquête, c'est que ce peuple inerte et peu guerrier avoit besoin d'être réveillé par la pesanteur du joug, pour bien apprécier l'étendue des secours apportés, et apprendre à en tirer tout le parti possible. L'entreprise inique formée sur l'Espagne, quoique le bien-être de cette puissance touchât l'Angleterre de moins près que celui du Portugal, ne la trouva pas moins disposée à la secourir contre l'oppresseur de l'Ibérie. Mais ce dernier avoit jeté la division parmi ses habitans, dont la coopération aux vues de leurs bienfaiteurs étoit bien éloignée d'être générale et una-

níme. Les Portugais cependant, après avoir goûté de la domination Françoise, se montrèrent plus dociles envers ceux qui
n'aspiroient qu'à être leurs libérateurs ; et ce petit peuple peu
belliqueux, se laissant discipliner par les Anglois, devint bientôt aguerri, et formidable à l'ennemi, que d'abord il n'avoit
osé regarder en face.

NOTE 3.

Et sous peu va mûrir la moisson de lauriers,
Qui doit orner les fronts de plus heureux guerriers.

Si la campagne du Chevalier JOHN MOORE n'a pas été d'un
caractère aussi brillant que celles de son heureux successeur,
ce ne fut nullement qu'il lui ait été inférieur en bravoure, en
talens ou en conduite. Chargé d'abord de veiller à la conservation du Portugal, il s'acquitta de cette commission en guerrier à la fois intrépide et intelligent. Obligé ensuite de quit-
ter la défensive, pour prendre sur lui le rôle d'agresseur en
Espagne, avec des moyens beaucoup trop limités, parmi des
peuples que leur nonchalance et la différence de religion rendoient plutôt jaloux des succès de la puissance généreuse
qui accouroit à leur défense, privé de toute coopération
amicale de leur part, il n'eut que des fatigues et des difficultés
insurmontables à rencontrer dans sa marche. Les Portugais,

par le vice de leur gouvernement, n'étoient pas encore devenus ces soldats aguerris et courageux qu'ils se montrèrent peu après, lorsqu'ils eurent eu le bon esprit de se soumettre à l'apprentissage des armes sous la discipline Angloise. Il ne put donc recevoir aucun service d'eux ; et avec les seules forces que l'Angleterre lui avoit confiées, il eut à aller chercher ses ennemis à travers des lieux dont les habitans qu'il venoit pour délivrer, loin de lui fournir aucune facilité, sembloient se faire un plaisir d'obstruer son progrès. Cependant ainsi à l'étroit dans ses moyens, il obtint quelques succès, et finit par une retraite à la fois savante et glorieuse, qu'il scella de son sang à la Coronne.

NOTE 4.

Qu'objet public de deuil et de sollicitude,
Il est plongé soudain en triste solitude.

S'il restoit encore quelques-uns de ces êtres superstitieux, enclins à attacher une valeur mystérieuse à certains nombres, au-delà de leur puissance dans l'art des calculs, le nombre TROIS seroit pour eux de nature à en obtenir un respect particulier, pas trop mal justifié par l'histoire de la Grande Bretagne. Ils pourroient, entre autres attributs, lui accorder celui de la LONGÉVITÉ, puisque dans tout le cours de la monarchie, les Souve-

rains les plus vivaces se sont trouvés être parmi ceux qui ont
décoré de ce nombre leurs noms respectifs. Si ensuite on exa-
mine les transactions de leurs règnes, on pourra en conclure que
ce même nombre TROIS est plutôt ami de la gloire. Car, à
l'exception du règne de Henry III., qui dura 56 ans, et fut à
la vérité un temps de calamités prolongées, celui de son
arrière-petit-fils Edouard III., qui dura un demi-siècle, porta la
gloire de son royaume à un point jusqu'alors inconnu, et dont
la France, ainsi que de nos jours, par ses discordes eut à payer
tous les frais. Guillaume III. ne fut pas autrement remarquable par la longueur de son règne, mais en raison de sa
durée il ne fut guère moins illustre que celui du Prince dont
on vient de parler. Quant à l'administration de George III.,
maintenant devenue en quelque sorte celle de son fils, déjà
assez glorieuse par la manière paternelle dont il gouverna le
timon de l'état en des temps infiniment difficiles, le Régent
actuel a imprimé sur elle un caractère de magnificence si peu
susceptible d'accroissement, qu'on se bornera ici à offrir des
vœux au ciel, pour qu'il veuille bien en prolonger la continua-
tion.

NOTE 5.

Et de son déshonneur pour combler la mesure,
Il réclame sa fille en proie à sa luxure.

Tout aventurier qui, soit par une inquiétude turbulente, ou
un amour prétendu de la gloire, aspire à changer les institu-

tions du monde qu'il habite, en même temps qu'il met son appui sur le glaive de Mars pour effectuer ses projets, devroit souvent recourir à la lunette de Merlin, afin par son secours de découvrir quel degré de permanence probable il pourra communiquer aux changemens qu'il médite. Mais la force toujours présomptueuse dédaigne les conseils de la prudence, à son sens trop pusillanime, et ne voit dans le succès d'une première témérité que le gage certain de la réussite d'une seconde. Ainsi Alexandre, à l'exemple de Philippe son père, affectant d'abord de ne songer qu'à défendre la liberté de la Grèce contre un voisin trop puissant, finit par former le dessein de subjuguer le monde alors connu : et ses succès, qui nous étonnent encore, n'eurent d'autres suites que son empoisonnement à Babylone à l'age de 32 ans, qui entraîna l'écroulement de l'empire immense que sa vanité se flattoit de consolider. Une autre preuve de l'imprévoyance des conquérans, et par suite de leur incapacité d'effectuer le bonheur des hommes, se trouve dans la carrière que le vain NAPOLEON a parcourue. La France asservie par un obscur vagabond Corse, triomphant trois fois de la Maison d'Autriche, eut certainement le droit de stupéfier l'Europe presque réconciliée avec l'idée de son asservissement prochain. Guerrier téméraire et sans courage personnel, dont tout le talent ressembloit à celui d'un joueur d'échecs qui maîtrise l'échiquier, tant qu'il n'a qu'un adversaire peu habile, mais qui pressé par un antagoniste plus expert n'a d'autre ressource dans son génie que de sacrifier ses pièces, pour retarder l'échec et mat ; dans

Fas. Br.   E le succès son arrogance ne connut point de bornes. Soit qu'il ait guerroyé au nom du Directoire ou au sien, il a toujours montré le plus insultant mépris pour les vaincus, quelqu'opiniâtre que fût leur résistance. Mais rien ne met plus en évidence, on ne dira pas son ignorance du cœur humain, mais celle des premiers élémens de l'art de raisonner, que l'espoir absurde d'une réconciliation sincère entre la Maison d'Autriche et lui, après lui avoir imposé trois fois le joug, par l'offre d'un mariage spécieux, qui, en dernière analyse, n'avoit le caractère que d'un concubinage splendide, et ne sera jamais vu autrement par la postérité. Quoi! la fierté Allemande, si inexorable sur le chapitre des mésalliances, même parmi les particuliers, pouvoit-elle promettre de se démentir pour jamais dans le Chef de la nation, dont la famille a de tout temps été reconnue pour la plus vaine du monde? Peut-être les amateurs des paradoxes poëtiques et de l'égalité s'appuyeront-ils sur ce vers plus brillant que vrai :

Qui sert bien son pays n'a pas besoin d'aïeux.

Mais il est fort à douter que le sauveur de la monarchie Autrichienne, quelqu'illustre d'ailleurs que pût être sa naissance, eût été admis à prétendre à la main d'une fille des Césars. Et le vain NAPOLEON, ayant tenté la destruction de cette même monarchie, qui à coup sûr n'étoit que retardée, a pu croire que FRANÇOIS, lui accordant la sienne dans la peur qu'il ne vînt la violer dans le palais de ses pères, se soit résigné à ce sacrifice sans attendre du temps la juste vengeance d'un affront si sanglant ajouté à

ses premières insultes! Un homme privé auroit peine à ac‑
quiescer ainsi à ce qu'il regarderoit comme un déshonneur,
dont il ne pourroit que méditer la vengeance. Si celle de la
Maison d'Autriche est satisfaite par la chûte de l'insolent qui l'a
opprimée, c'est un point qu'on n'entreprendra pas de décider.
Les pleurs de l'Andromaque Autrichienne, si toutefois il lui est
arrivé d'en verser, et ceux de son Astyanax, pourroient bien un
jour se convertir en fleuves de sang, et submerger à la fois la
France et avec elle les BOURBONS, qui ne sont pas de grands
Grecs.

NOTE 6.

Soudain chez ses vassaux promulgue la défense,
Entre eux et les Bretons de toute intelligence.

Le Décret, promulgué à Berlin contre le commerce Anglois,
étoit moins un acte d'excommunication politique fulminée
contre l'Angleterre, qu'un instrument préparé pour servir
d'autorisation à tous les actes de vol et de piraterie qu'il plairoit
à l'avenir au benoît BUONAPARTE de pratiquer, sur les Puissances assez imprudentes pour former amitié avec lui, ou assez
audacieuses pour affecter une prétendue indépendance du
pouvoir qu'il jugeoit à propos de s'arroger. Les différens
chocs qui avoient eu lieu entre sa marine et celle de la
Grande Bretagne le convainquirent bientôt, que si le prestige
de ses victoires obtenues par toutes les voies de corruption pos-
sibles, avoient jeté la terreur et le découragement sur toute la

terre ferme en Europe, les plaines ondoyantes de l'océan re-
connoissoient un autre pouvoir supérieur au sien. Pour ne
pas être réduit à la honte de garder ses vaisseaux inactifs dans
ses ports, il résolut de transformer ses marins en pirates et écumeurs de mer, autorisés par lui, du mieux qu'il lui fut possible, à exercer leur brigandage tant sur l'ami que sur l'ennemi.
A l'exception des Américains, qui auroient pu avec quelque
succès résister à la nouvelle loi, s'ils n'avoient mieux aimé se
livrer au penchant parricide dont ils ont pris l'habitude, les
autres Puissances maritimes, en raison de leur position conti-
nentale, furent obligées de plier sous le joug qu'il plut au nouveau législateur d'imposer au vieux Neptune. Son esprit versé
dans tous les arts de la rapine, outre le pillage que son nouveau code marin faisoit ainsi refluer dans ses ports, y trouva
une nouvelle ressource à ses finances délabrées par l'extrava-
gance de ses projets. Il s'arrogea, à l'exclusion de toutes les
autres Puissances du continent, la faculté d'accorder à prix
d'argent les moyens de se soustraire à la loi vexatrice. Quoique
l'Angleterre n'en éprouvât pas tous les inconvéniens qu'il s'étoit
promis de lui faire souffrir, elle crut devoir à sa dignité
d'user de représailles modérées, tant contre l'auteur de
la nouvelle loi que contre ceux qui, soit par hostilité déguisée,
ou par une acquiescence pusillanime, jugeoient à propos de s'y
conformer; et bientôt parut cet ordre du Conseil Britannique,
qui, bien qu'une mesure défensive, modifiée avec l'équité la
plus généreuse, n'en a pas été moins sujette aux clameurs les
plus bruyantes. "Que celui dont les moyens de nuire se trou-

voient ainsi affoiblis, et les neutres réels ou prétendus qui par-
là se trouvoient soumis à un surcroît d'entraves, se soient livrés
au murmure, il n'y a rien là que de fort naturel. Mais qu'il
se soit trouvé dans le Sénat des palliateurs des crimes d'un
ennemi invétéré, aussi prêts à devenir les panégyristes de toutes
ses mesures hostiles, qu'à censurer amèrement toutes celles
que les administrateurs dans leur sagesse pouvoient imaginer,
pour rendre nulle sa malveillance, c'est assurément ce que la
postérité aura peine à croire, malgré l'évidence de leurs cap-
tieuses déclamations. Aussi le Grand PRINCE ajouta-t-il à
ses écumeurs de mer, dans tous les lieux ou il avoit quelque
influence, des armées nombreuses de douäniers, chargés de livrer
aux flammes tout ce dont le pillage ne pouvoit tourner à son
profit, sous prétexte d'origine Angloise, ou d'importation par
le canal des vaisseaux Britanniques.

NOTE 7.

Le Russe qui naguère à son vœu souscrivit,
Par le besoin pressé, enfin désobéit.

La Russie avoit d'abord partagé l'indignation générale, tant
de l'assassinat commis par le peuple François sur la personne
de Louis XVI. que de celui ensuite exécuté par le Vagabond
Corse, lorsque, par une violation du territoire d'un souverain
trop foible pour la punir, il fit enlever au milieu de la paix
l'infortuné Duc d'Enghien de l'asile où il jouissoit en toute
confiance d'une sureté imaginaire, et le fit mettre à mort par
ses infâmes suppôts. Malgré l'atrocité du délit qui auroit dû

susciter une croisade générale contre son auteur, puisqu'il montroit que le droit des nations ne seroit qu'une foible barrière à l'avenir contre tout attentat qu'il pourroit prendre fantaisie au Premier Consul de commettre, il n'y eut qu'un seul Souverain, à cette époque, qui osât, avec plus de dignité que de prudence, manifester l'horreur qu'il en ressentit; acte de courage qu'il a depuis expié par la perte de son trône. Les autres Puissances se contentèrent d'une improbation moins prononcée, laissant le grand malfaîteur s'applaudir de son crime, et jouir de la paix jusqu'à ce qu'il lui plût de la rompre, comme il arriva bientôt après. L'Angleterre, obligée de recourir aux armes, retint l'alliance de la Russie, dont tout l'avantage étoit alors plutôt nominal que réel; car il se bornoit à un abri simplement ouvert à ses flottes contre les accidens qu'elles pouvoient éprouver dans les mers du Nord; tandis que d'autre part il étoit amplement repayé, par l'achat continuel des divers articles nécessaires à la réparation de ses vaisseaux; source de richesse constante pour le Russe, dont il pouvoit difficilement se passer. Cependant, la lézine du Ministère des TALENS s'étant refusée à faciliter en Angleterre un emprunt pour le compte de cette Puissance peu pécunieuse, l'ennemi sut si bien la cajoler, qu'à un refroidissement progressif succéda une entière rupture, accompagnée d'un acquiescement formel au nouveau code maritime, et d'une exclusion, dans les mers du Nord, de tous les havres obéissans à l'Autocrate septentrional. Le Gouvernement Britannique, toujours indulgent appréciateur des motifs d'hostilité, regarda celle-ci comme un effet de séduction compulsoire, contre laquelle il ne prit que des mesures assez peu actives. Cependant l'interruption du commerce Russe portoit un coup sensible tout à la fois à la fortune de l'état et des particuliers. Sans débouché pour des denrées qui devenoient de nulle valeur renfermées dans le sein de l'empire, il ne tarda pas à sentir tout l'inconvénient de l'a- mitié Françoise, qui parfois mettoit assez d'insolence dans ses épanchemens. D'autre part, le Dictateur universel, obstruant ainsi toutes les voies du trafic pour les autres nations, avoit trouvé le moyen en quelque sorte de le monopoliser, par la voie des licences qu'il vendoit à très-haut prix, en vertu des- quelles il leur permettoit l'exportation limitée de leur super- flu, ou l'importation restreinte de ces articles dont elles ne pouvoient se passer. La Russie ne souffrant pas moins de cet état de choses que les Puissances plus insignifiantes, se lassa à la fin de restrictions si préjudiciables à son bien-être, et la ré- solution, une fois manifestée, de rentrer dans l'usage de ses facultés naturelles, devint aux yeux du Despote Corse un crime, qui le détermina à porter le fer et la flamme dans le sein des états de son allié désobéissant.

NOTE 8.

De toute agression restreignant l'imprudence,
Le Moscovite voit d'un œil de patience,
Déborder à grands flots ce torrent irrité,
Qui réclame le prix d'un tort non intenté.

Quoique la suite des évéuemens ait de beaucoup diminué notre admiration de la magnanimité de l'Empereur de Russie, nous avouerons que sa modération, au commencement de la querelle entre lui et son *Frère* l'Empereur des François, nous parut vraiment merveilleuse. Au lieu de repousser soudain, avec indignation, le ton dictatorial et insolent des agens du soldat parvenu, il consentit à s'engager avec eux dans les labyrinthes tortueux d'une diplomatie astucieuse. Une conspiration formée contre la vie et la domination du Souverain, n'eut d'autre suite que l'exil en Sibérie des deux Polonois Spiranski et Magnitzki, sans que l'Empereur en aît témoigné le moindre ressentiment contre Buonaparte, par qui elle fut ourdie, ni contre son agent Lauriston, qui alors se fit le moyen de communication entre lui et les conspirateurs. Quelle put donc être l'offense, dont l'ennemi recherchoit satisfaction par les moyens dispendieux d'une guerre portée au loin, comptant seulement sur les ressources qu'il pourroit trouver chez le peuple envahi pour l'alimenter? Ainsi donc, le droit naturel à toute puissance d'entrer en relation commerciale avec une autre, en échangeant son superflu contre dés articles de première nécessité, devient un motif de guerre à outrance, et un délit pour lequel l'Europe entière doit se croiser! François, telle fut la sagesse et la justice de celui à qui vous remîtes vos destinées! Qu'il aît compté sur un dévouement absurde de votre part, il n'y a là rien de fort étonnant. L'habitude de se voir soutenu par vous dès les commencemens de sa carrière criminelle, ne lui permettoit pas de douter de votre acquiescement à toutes ses mesures à venir. Mais qu'il se soit tenu certain du concours cordial et permanent de peuples subjugués,

les uns par la crainte, les autres par une possession actuelle
et absolue de leur territoire et de toutes leurs facultés, sans
tenir aucun compte de cet instinct naturel qui rend toujours
odieux un joug étranger, en dépit de toutes démonstrations
contraires, voilà ce qui prouve le chef dépourvu de toute con‑
noissance du cœur humain, et par conséquent incapable de
gouverner. Ce fut cependant sur de pareils calculs que l'Ex‑
empereur traîna à sa suite une armée de quatre cent cinquante
mille hommes, levés par force chez toutes les nations diverses
de l'Europe ; et, beaucoup plus insensé que Charles XII., il alla
avec elle donner une seconde représentation de la tragédie
d'abord représentée par ce Monarque dans les plaines de PUL‑
TAVA, mais dont l'effet devint infiniment plus terrible, tant
par la multitude des acteurs, que par l'étendue immense du
théâtre.

NOTE 9.

Lors contre elle naguère encor qu'il fût en ligue,
Le concert d'ALBION en confiance il brigue,
Qui, tous les torts passés, livre au flux de l'oubli,
L'aide de ses trésors et fait cause avec lui.

Si l'Angleterre joue aujourd'hui le premier rôle parmi les
Puissances de l'Europe, assurément les moyens qu'elle a pris
pour parvenir à cette gloire, sont bien de nature à exciter plu‑
tôt la reconnoissance que la jalousie. Ce fut peu pour elle,
dès que les libertés de la grande république Européenne furent
menacées, de montrer une résoltuion non équivoque de voler à

leur défense. Chaque nation assaillie a, tour-à-tour, éprouvé sa magnificence, en même temps qu'elle a été l'objet de ses subsides, qu'il lui est souvent arrivé de voir ensuite appliqués à son préjudice. On s'abstiendra de rapporter ici aucun des nombreux exemples de l'ingratitude qu'elle a éprouvée sous ce rapport, ne se croyant pas autorisé à venger des torts sur lesquels sa magnanimité a cru devoir tirer le voile de l'oubli. Mais il sera permis de remarquer, comme un acte de pure justice, que malgré les diatribes lâchées contre l'Angleterre, la moralité de son Gouvernement a toujours été telle, qu'il s'est constamment montré ingénieux à trouver des moyens d'excuse en pareil cas; et que l'impuissance de résister à la séduction ou à une force compulsoire a toujours entré en compte dans la mesure de ses ressentimens. Ce fut donc en vertu de ce principe de modération, que les vaisseaux de la Russie, dans les ports Britanniques à l'époque de la rupture entre les deux Puissances, ne furent que sequestrés, et ensuite rendus dans un état de parfaite réparation, aux frais de l'administration. Les prisonniers Russes, dont la captivité avoit été rendue aussi légère que les circonstances le permirent, furent élargis; et les coffres de l'état s'ouvrirent avec une noble libéralité, pour faciliter à la Puissance envahie le rassemblement de ses défenseurs, de toutes les parties les plus reculées de ce vaste empire. Enfin l'esprit d'hostilité fit place à une parfaite intelligence, maintenant dirigée vers la défaite de l'entreprise formée par l'agresseur.

NOTE 10.

Sybarites vaillans, éloignés du danger,
Mais défaillans alors qu'il faut le partager,
Du brave Moscovite, admirez le courage,
Et voyez-le du sort, calme affronter la rage.

Si tous les pays sujets à l'invasion des François avoient adopté les moyens de défense dont les Russes ont fourni un exemple si mémorable, il est à croire que le catalogue des triomphes de ces premiers auroit été moins nombreux. Mais les peuples chez qui la civilisation est parvenue à son comble, avec les biens qu'elle procure, tels que la richesse, et toutes les commodités que le luxe industrieux sait si bien inventer, contractent une habitude molle et efféminée, qui les alarme sur l'idée seule de la perte de ces avantages. De là cette disposition à entrer en conférences et en pour-parlers avec l'ennemi qui menace leurs frontières. L'espérance de conserver une portion des jouissances par lesquelles ils sont maîtrisés, si elle n'étouffe pas en eux l'inclination de se défendre, les rend pusillanimes dans le choix des moyens ; au lieu que ces peuplades, plus rapprochées de l'état de simple nature, sont prêtes à sacrifier à leurs ressentimens tout ce que les autres regardent comme des aisances dont la vie ne sauroit se passer. Malheur donc à celui qui les provoque sans avoir les moyens suffisans de les amener sous le joug ! La mort et les privations n'ont rien qui les épouvante. C'est ce que les Russes ont prouvé dans cette invasion. Accoutumés à voir dans leur Souverain un représentant de la Divinité, ce seroit un crime pour eux de raisonner sur sa volonté émise. Aussi, à peine l'ordre fut-il donné de livrer aux flammes toute espèce de propriété qui eût facilité le progrès de l'ennemi, qu'il fut obéi aussitôt, sans aucune réflexion sur les inconvéniens qui pouvoient en résulter pour le propriétaire. C'est ce que le cruel agresseur, dans l'amertume de son attente déçue, fut obligé d'avouer à son grand regret, lorsqu'il s'écria dans le transport d'une compassion affectée: " Jamais la guerre ne déploya des excès plus féroces ! Ja- " mais défense ne prît une apparence plus hostile, ou contraire " au principe inné de la conservation personnelle ! Ces peu- " ples n'ont pas plus d'égard pour leur pays que s'ils en étoient " les ennemis et non les défenseurs." En effet au lieu du butin promis à sa suite, il n'eut à passer que sur des cendres et des ruines. Ses premiers triomphes exagérés furent de la même nature que la victoire de cet autre général qui, en considérant le prix de son triomphe, s'écria : " Encore une victoire comme celle-ci, et c'en est fait de nous." Loin donc de ne rencontrer ici, comme en Allemagne ou en Italie, que députations de magistrats municipaux lui présentant à genoux les clefs de leurs villes ; chaque cabane de paysan fut défendue ou incendiée par celui même qui l'habitoit. L'horreur de rien conserver par suite de sa clémence étoit telle, qu'un pauvre Russe dont l'habitation avoit été pillée par quelques-uns de ses soldats, étant marqué par eux dans la main gauche de la lettre N. à l'instant de leur départ, celui-ci leur demanda ce que cela signifioit: sur la réponse que c'étoit la lettre initiale du nom de l'Empereur, dont il étoit maintenant le sujet; ce brave rustre, voyant une hache à sa convenance, s'en coupa d'un seul coup la main ainsi déshonorée, et leur dit: " Si ce membre appar- " tient à votre Empereur, portez-le lui. Mais mon cœur et " mon corps appartiennent à mon souverain, et jusqu'au der- " nier souffle lui resteront fidèles." Ce fut par-tout même dé- vouement, accompagné d'une égale horreur pour le brigand et sa suite féroce. Et la manière dont celle-ci se signala ensuite à Moscou, dut bien lui faire juger d'avance, que si jamais il étoit réduit à une retraite, il faudroit un talent plus qu'ordi- naire pour en alléger les incommodités. Aussi celle qui sui- vit ces fameux exploits, sujets de tant de bulletins ampoulés, fut-elle de nature à rendre nos François si vaillans, un peu plus circonspects à l'avenir, si jamais on leur propose de nou- veau la petite récréation d'un voyage à Moscou.

NOTE 11.

Dis, Muse, que faisoit alors le Rodomont,
Traînant tant de forçats et par val et par mont,
Tous affrontant la mort au gré de son envie?
Il songeoit par la fuite à prolonger sa vie.

Les admirateurs de l'aventurier Corse auront sans doute déjà été choqués, que dans une note précédente on lui ait re-

fusé la palme du courage personnel. On croit même les entendre crier au blasphême. Quoi! diront-ils, celui qui tant de
fois a commandé l'assaut, affronté des batteries entières, et
gagné tant de batailles, seroit un homme qui auroit peur de la
mort! Pourquoi non? les lâches ont leurs momens d'intré-
pidité. Une ardeur téméraire les porte à s'élancer dans des
aventures où les chances périlleuses sont contrebalancées par
d'autres chances de salut et de succès. C'est lorsque ces der-
nières sont réduites au plus petit nombre possible que le courage personnel se manifeste. Voyons en pareil cas celui de
l'Empereur des François. L'expédition d'EGYPTE rendue
abortive, et ne lui laissant plus que la perspective désagréable
de tomber au pouvoir des Anglois, il ne songe plus qu'à sa
conservation personnelle; abandonne son armée au cours des
événemens, dont elle n'aura qu'à se tirer comme elle pourra.
La guerre, follement portée en RUSSIE, prend la tournure dés-
astreuse qu'elle devoit avoir: les multitudes d'hommes qui
l'ont suivi ont une retraite périlleuse à faire, où le guide qui
les a conduits devroit les aider et les encourager par sa constance: eh bien! qu'ils la fassent du mieux qu'ils pourront.
La bataille de LEIPZIC est perdue; la déroute devient générale
et la retraite difficile; pour faciliter celle de l'Empereur, qui
fuit à toute bride, on fait sauter un pont et un sacrifice de
trente mille hommes. Enfin la bataille de WATERLOU offre un
nouvel exemple de sa vîtesse à fuir les extrêmes de la fortune,
et d'indifférence sur le sort de ceux qui se sont attachés à la
sienne. D'après ces faits, qui sont trop connus pour être con-

testés, on abandonnera l'assertion ici justifiée au jugement du lecteur, ainsi laissé maître de la traiter selon ses préventions.

NOTE 12.

Ah ! si le souvenir, de mainte insulte offerte,
Aiguise le tranchant de leurs glaives vengeurs,
A craindre est le retour permis à leurs fureurs.

Toute terrible que soit la loi des représailles, elle est cependant juste ; et le souverain qui s'y soustrait, par un principe d'humanité mal entendue, commet un tort réel envers ses sujets, et cette même humanité pour laquelle il affecte tant d'égards. La guerre, sans doute, est un état de choses qui rend vaines toutes les réclamations de l'équité et de la justice. C'est l'homme rompant tous les liens de sociabilité, et rendu à la férocité qui lui étoit naturelle, avant qu'éclairé par une raison cultivée, il ne fit à la masse de ses semblables, le sacrifice de telles ou telles facultés qui pouvoient leur devenir nuisibles ; et en compensation duquel, il reçut le même sacrifice de la part de chacun d'eux, sous la garantie du corps social entier. Les différentes relations, qui résultèrent de cet ordre si favorable pour l'espèce humaine, se ramifièrent à l'infini ; et par suite produisirent ces réciprocités de droits qui font la beauté de l'édifice social. Il s'établit des obligations de peuples à peuples ; de souverains à souverains, qui à leur tour furent liés envers leurs sujets, tenus de leur côté à des devoirs, dont la violation devint un crime justement punissable, en raison du degré de difformité qu'il répandroit sur l'édifice de la civilisation. Même dans les cas où les nations se trouvèrent réduites à renoncer aux liaisons amicales, pour régler leurs différends par la force, l'usage de cette force se trouva restreint dans certaines limites, qu'il fut défendu de passer, sous peine d'infamie, et d'être assimilé aux bêtes féroces. A l'égard du sujet, il dut à l'administrateur de la chose publique, lorsqu'elle fut en danger, le secours de sa personne et de tous ses moyens ; et celui-là d'autre part fut tenu de le protéger, contre toute cruauté excessive, qu'il n'a pas provoquée, en dépassant les limites établies par l'usage, dans les rapports défensifs de la guerre. Si donc une des Puissances, dans le cours des hostilités, s'abandonne à des transports féroces, contre les malheureux qui, par conquête, tombent sous son pouvoir momentané, sans qu'ils ayent outrepassé les moyens légitimes de défense, leur souverain à son tour leur doit une vengeance exemplaire sur tels prisonniers, ou autres individus, que le sort de la guerre fait passer sous le sien. Cette sévérité apparente est à la fois justice et miséricorde. Elle procure au sujet une vengeance qu'il a le droit d'attendre de l'autorité qui lui doit protection, et rappelle à des sentimens plus doux ces chefs, que leur férocité pourroit tenter d'abuser de la victoire : car dans le cas même où impérieusement dominés par leur caractère, ils en voudroient suivre la pente, les réclamations qu'elle entraîne de la part de ceux qui, chargés d'exécuter leurs ordres sanguinaires, ont à en redouter les suites, tournent à l'avantage de l'humanité. C'est ainsi que le décret atroce rendu par ROBESPIERRE, par lequel il ordonnoit à ses mirmidons de n'accorder aucun quartier aux Anglois et aux Hanovriens, devint nul par le refus que le brave PICHEGRU fit de s'y conformer; refus qu'il fonda sur le salut de ses propres soldats. La vérité de ce principe admise, que n'avoient pas les Parisiens à redouter en expiation du KREMLIN détruit par une explosion inutile à la retraite du brigand qui envahit Moscou, ainsi que de la mort des 300 Russes qu'il se vanta dans ses bulletins d'avoir fait fusiller? Que n'avoient-ils pas à craindre des Prussiens, pour les outrages soufferts par eux, pendant l'occupation de leur territoire par les François, et pour la mutilation de leurs prisonniers, à qui ceux-ci eurent la barbarie de couper le nez et les oreilles? Quelle vengeance les Autrichiens n'étoient-ils pas en droit de tirer, pour la démolition de leurs fortifications des places, seulement confiées comme gages de l'exécution de pactes stipulés? Mais ALEXANDRE, FRANÇOIS, FREDERIC, et GEORGE se firent un scrupule de ruiner, dans leur conquête, l'héritage des BOURBONS, victimes ainsi qu'eux de la rage révolutionnaire; et ils aimèrent mieux se rendre responsables envers leurs sujets d'un déni de justice, que de se rendre les dévastateurs impitoyables d'un territoire, dont les habitans, assez criminels pour étouffer par eux-mêmes tout sentiment de compassion, formoient partie du patrimoine de

Fas. Br.   F

Princes qui étoient innocens de leurs forfaits, qu'ils n'avoient pu réprimer.

NOTE 13.

Sur cet espoir flatteur l'olive de la paix
De nouveau refleurit au séjour des forfaits.

Assurément quiconque a bien suivi l'histoire de la Révolution, sans participer à ses crimes, ne sauroit s'estomaquer de la définition de PARIS, telle qu'on la donne dans ce dernier vers. Les annales modernes ou antiques, qui nous ont transmis des exemples d'empires livrés aux commotions civiles, n'en fournissent point de si cruels ni de si longue durée. Quant à la paix dont il est ici question, elle fut plus un don gratuit de la part des nations conquérantes, qu'un bienfait recherché, et reçu avec reconnoissance par les vaincus. La guerre avoit élevé, à la fortune et à des honneurs apparens, tant de scélérats plus faits pour figurer dans les bagnes et sur les galères de Marseilles, que pour constituer la portion choisie de la société, que la paix, qui succéda, parut plutôt une calamité, qu'un état propre à contribuer au bonheur général. La modération du vainqueur fit à peine aucune impression sur le peuple conquis. Avec des armées étrangères et puissantes à avitailler dans son sein, et à pourvoir, comme de juste, de toutes leurs nécessités, il ne parloit que de triomphes. Laissé, assez peu sagement, en possession des dépouilles volées, contre toute espèce de loix chez ces mêmes nations qui, maintenant auroient pu se faire justice, et outre la restitution, insister sur des gages suffisans d'une conduite à l'avenir réglée sur les principes de l'équité ; il étaloit tous ces objets à la vue de ceux qui pouvoient les regretter, en traçoit insolemment l'origine, ainsi que les temps et la manière de leur présente appropriation. Enfin la démoralisation, pour se servir d'un terme inventé par eux avec complaisance, étoit si radicale, que l'*injuste* étoit pour les François une idée aussi absurde, que celle de la pudeur, parmi ces êtres dégradés qui en ont perdu jusqu'à la moindre notion par l'habitude de la violer.

NOTE 14.

Des sujets de Louis *telle étoit l'habitude,*
Quand enfin échappé de la tutelle rude
De l'âpre adversité, ce Prince à son insu,
Sans y avoir de part, surpris se vit promu,
Par l'influence Angloise au trône de ses pères.

Sur le point d'examiner l'administration du Prince, dont il est question dans les vers précédens, il convient d'avouer que la tâche, qu'il prit alors sur lui de remplir, n'étoit pas hérissée de petites difficultés. Jusqu'à quel point la nature le doua des talens nécessaires, et quel degré d'amélioration ils reçurent à

l'école de l'infortune, pour l'aider à obtenir le titre de Louis
LE RESTAURATEUR, c'est ce qu'il s'agit de rechercher. Issu,
ainsi que l'héritier apparent, du même père que l'auguste
Martyr, dont la mémoire nous sera toujours chère ; son éducation, au sortir des soins de la Comtesse de Marsan, fut
confiée au même gouverneur. Ce seigneur dut son importante dignité plutôt à la faveur dont il jouissoit auprès de
Louis XV. et à sa naissance, qu'à aucune vertu ou à aucun
mérite personnel et extraordinare. Aussi, est-il probable que
la différence du caractère de ces trois Princes, fut plutôt la
conséquence de leur tempérament naturel, que le résultat des
soins de l'instituteur, jouissant des émolumens et des honneurs
de sa charge, sans qu'il parût même soupçonner que le bonheur ou le malheur d'une grande nation dût dépendre de ses
travaux. Il s'en suivit donc que l'adolescence des Princes ne
fut remarquable par aucune qualité, que celles qui pouvoient
résulter de leur organisation physique. Le Duc de BERRI,
ensuite Roi, déploya cette bonté ingénue qui l'a caracterisé
jusqu'au tombeau. Le Comte de Provence affecta une réserve
grave et pleine de hauteur, accompagnée d'une magnificence
dispendieuse, qui, malgré la richesse de son appanage, obligea
plusieurs fois son royal frère à payer ses dettes. Le troi-
sième frère, tenant plus de la constitution ardente de son aïeul,
se livra à son penchant pour l'amour, et à un goût décidé pour
tous les exercices du corps ; depuis les plus nobles, jusqu'à la
danse de corde, qu'il apprit alors d'un nommé PLACIDE, dont
l'agilité en ce genre de batelage faisoit à ce tems les délices des

Parisiens chez NICOLET: du reste étourdi aimable, et d'une loyauté chevaleresque et franche, que nous croyons que sa chûte postérieure dans une dévotion assez peu judicieuse n'aura pas eu le pouvoir d'étouffer. Des princes, dont la culture de l'esprit, grace au Duc de la VAUGUION, leur gouverneur, avoit été ainsi négligée, n'étoient pas capables alors de se procurer une estime, qui pût contrebalancer les idées défavorables industrieusement disséminées contre eux par les réformateurs du temps. Ils furent cependant obligés de reconnoître la bonté des intentions du Roi, se contentant pour lors d'en diminuer le prix, par des gémissemens affectés sur la prétendue foiblesse de son caractère. Les semences de cette défection, qui se manifesta dans la suite d'une manière si déplorable, se bornant encore à étendre leurs racines dans le silence, laissoient aux frères du Roi le loisir de se livrer à leur penchant naturel; le plus jeune vaquoit à ses amours et autres moyens de dissipation; tandis que son aîné, par une magnificence non moins dispendieuse, mais une conduite en apparence plus réservée, sembla vouloir jeter les fondemens d'une innocente popularité. Pour cet effet il affecta l'amour des lettres; s'entoura de ceux qui, parmi les beaux esprits du jour, faisoient profession de philosophisme; et parvint ainsi pour le moment à un certain degré de faveur populaire, qu'il accrut de beaucoup, lorsque la grande crise commença à se manifester, en se jetant à la première assemblée des Notables parmi les opposans aux mesures de l'administration du jour. Ce caractère équivoque, qu'il soutint ensuite dans un Lit de Justice, tenu par lui à la Chambre des Comptes au nom de son Souverain ; lorsqu'au lieu de parler en député de la toute-puissance, il jeta une espèce de blâme indirect sur les procédés qu'il étoit chargé d'appuyer de la force à lui commise, en fit un sage, un héros, un patriote : et son frère s'acquittant le même jour d'une semblable commission devant une autre cour souveraine, en sujet franc et loyal, obéissant aux ordres de son Roi, fut obligé de faire appeler sa garde pour le protéger contre les violences d'une populace ameutée. On n'a garde de croire que cette conduite fut, comme quelques écrivains du jour n'ont pas hésité de l'assurer, la suite d'une ambition criminelle, qui, en ce cas, n'auroit fait que trouver sa juste punition dans un long exil de sa terre natale. Tout ce qu'on se propose ici d'inférer de ces faits, c'est que, si dès le commencement de la révolution, il déchut tellement dans l'opinion publique, malgré les amis qu'il retenoit encore propres à l'y maintenir, il ne put reparoître en ces derniers temps, parmi ses sujets forcés à le recevoir, qu'en Revenant redoutable, ayant besoin d'une sagesse plus qu'ordinaire, on ne dira pas pour mériter leur amour, mais pour surmonter les préventions inspirées contre lui. Le rôle, assez insignifiant qu'il joua pendant sa longue émigration, n'étoit pas de nature à commander le respect. Ce n'étoit pas un CONDE', supportant son infortune avec dignité et ne devant son existence qu'à la pointe de son épée, en soldat valeureux, caractère toujours cher à la vanité Françoise,

L'échange du trône d'HARTWELL, contre celui des Tuilleries, étoit donc assez difficile à soutenir. Sur le premier, il ne

s'agissoit que de lâcher parmi un petit nombre de parasites in-
trigans, et toujours prêts à s'extasier, quelques jolies phrases,
et autres maximes spirituelles ; ou à recevoir d'un air majes-
tueux quelques courtisans en souquenilles blanches, admis parfois à lui offrir le tribut de leur pitié, et l'admiration de son appétit. Le dernier exigeoit une fermeté conciliante et une franchise
affectueuse, pour dissiper de longues préventions d'une part, et
de l'autre anéantir le sentiment douloureux d'une suite de
sacrifices pénibles à faire. Mais Louis, dans une ignorance du
cœur humain aussi complette que si vingt-cinq ans d'exil de sa
patrie ne lui avoient pas laissé le temps de l'étudier, affecta la
plus grande confiance dans ces maréchaux et autres guerriers,
qui tout ce temps l'avoient tenu à l'aumône des Puissances
étangères, les comblant de louanges outrées, et par conséquent
d'autant plus suspectes. Cependant, pour leur donner un
vernis de sincérité, à l'exception de quelques petits faiseurs,
qui par leurs flatteries avoient acquis de l'ascendant sur son
esprit, tels qu'un BLACAS, un GRAMONT, un MONTESQUIOU,
et autres génies de la même trempe, il montra pour ses amis,
qui avoient fait les plus grands sacrifices pour sa cause, une
indifférence parfaitement voisine de l'ingratitude. Son administration, ainsi formée de gens sans talens ou sans foi, tous
également immoraux, agit sans ensemble et en sens contraire,
et donna lieu à la catastrophe, qui lui fournit une nouvelle
occasion de voyager hors de ses états.

NOTE 15.

Le Monarque voyant que pour lui tous les bras
Se refusent, glacés, à braver les combats,
D'un imprudent délai alarmé pour la suite,
Etablit son salut sur l'aile de la fuite.

Comme LOUIS, à l'instant de la première restauration, à l'exception des petits faiseurs qui l'avoient suivi, avoit en grande partie formé son gouvernement de Buonapartistes, que toutes ses cajoleries ne rassuroient que médiocrement ; et comme d'autre part, pour gage de sa sincérité, il avoit assez mal accueilli les vrais royalistes, il n'est pas surprenant qu'il n'ait trouvé que peu de défenseurs. La vérité est que l'auteur du présent ouvrage, qui étoit à Paris en Juillet 1814, vit la trahison se préparer, et que dès ce moment sa garde, nouvelle- ment organisée, en étoit en grande partie infectée. Malgré la Police nombreuse qu'il avoit retenue à son service, l'esprit d'aversion pour toutes les mesures de son administration, et de prédilection pour celle qui n'étoit plus, se manifestoit sans aucune réserve dans les caffés, les tables d'hôte, et même les promenades publiques. On ne fut donc pas étonné de la ra- pidité avec laquelle le Revenant d'ELBA effectua son entreprise, facilitée par les agens même de son rival.

NOTE 16.

Pire que Babylone, égoût de tous les vices,
Ah! cette fois, dis-nous quels heureux artifices
Serviront de remparts à tes coupables murs, &c.?

Que toutes les grandes capitales, séjour de la richesse et du luxe des empires, le soient aussi de la mollesse et des vices, en raison des moyens nombreux de se livrer à l'une, et de satisfaire les autres, il n'y a rien là de fort surprenant. Né Parisien, on est loin de vouloir insinuer que les mœurs aient été jamais bien sévères à PARIS. Mais le voile de la décence, à l'aide duquel nos concitoyens croyoient devoir, par un sentiment de politesse, soustraire leur violation des obligations morales à l'œil public, est maintenant déchiré. Le cynisme révolutionnaire a tellement pris sa place, qu'à l'exception du meurtre et du vol, qui éprouvent quelque restreinte, il y a à peine aucun excès ou désordre si honteux, qu'il soit obligé de recourir à la gaze la plus transparente. On seroit tenté de croire que la Providence, jadis si sévère envers SODOME, GOMORE, NINIVE et BABYLONE, s'est bien radoucie; ou PARIS n'auroit pu dépasser pendant vingt-cinq ans les limites des abominations qui ont entraîné la ruine de ces villes. Tour à tour théâtre de massacres, de danses lubriques, tantôt formées par des cannibales autour de leurs foibles et innocentes victimes, ou par des Bacchantes lascives et effrontées; ou d'une hideuse idolâtrie, transformant la Raison en une divinité, rendue visible sous la forme d'une prostituée, installée ensuite avec une pompe dérisoire sur l'autel sacré, puis tôt après jugulée par ses adorateurs: l'histoire qui nous a transmis le destin de ces cités vouées à la colère céleste, les accuse-t-elle d'exécrations plus affreuses? Leur gouvernement licencioit-il à prix d'or ces gouffres horribles, où des pères et des mères de famille, abjurant tous moyens honnêtes d'exister, établissoient leur subsistence et celle de leurs enfans sur le résultat du jeu; et au sortir desquels, pour se consoler d'avoir été surpassés en bonheur ou en friponnerie, ils alloient se plonger dans le suicide, se faisant souvent précéder dans la tombe par ceux qui leur devoient l'être? Un Empereur Romain, à la vérité, fonda jadis une partie du revenu public sur les évacuations liquides de ses sujets: mais parmi cette suite de tyrans, il ne s'en est point trouvé d'assez dépravés, pour exiger une prime de l'impudicité, entraînée par le besoin dans l'infâmie d'une prostitution mercenaire; et pour incarcérer impitoyablement les malheureuses victimes de cette profession ignoble, à qui la flétrissure de leurs charmes a ôté les moyens de payer à la fin du mois le tribut imposé à sa misère. Eh! c'est en conservant de pareilles ressources fiscales que Louis prétend restaurer les mœurs publiques; rétablir le respect pour la religion et l'amour du bon ordre! Oh Métropole de l'Empire Britannique, puisse le ciel te préserver à jamais d'un pareil état de choses et de semblables gouverneurs! Tel est cependant, Bretons, le pays où vous envoyez vos enfans, dans le désir louable, mais mal-entendu, de leur procurer une éducation élégante et accomplie, au hasard de n'en rapporter que des talens frivoles et des cœurs blasés par le spectacle habituel du vice. Ah! si ce que vous appelez, si expressivement, *the comforts of domestic life*, vous est encore cher, n'exposez pas votre postérité à en être privée. Périssent tous les talens qui ne s'acquièrent qu'aux dépens des mœurs! Elevées sous vos yeux selon vos moyens, que vos filles chastes portent, dans les bras de maris aimans et vertueux, des femmes attachées à leurs devoirs de citoyennes, d'épouses et de mères! Alors vous aurez bien mérité de votre patrie, qui vous en devra une juste reconnoissance.

NOTE 17.

Plus stable de Louis devenoit le pouvoir,
Plus de Napoléon croissoit le désespoir.

C'est une question assez importante à examiner, dans le cas où l'Ex-empereur fût tombé entre les mains de LOUIS, si ce Prince eût pu procéder à toute rigueur contre son captif. BUONAPARTE, né sujet des Bourbons, élevé par la révolte, meurtrier du Duc d'Enghien, ayant à différentes reprises médité et tramé la mort de son Souverain naturel, pour s'assurer la jouissance paisible du trône qu'il avoit usurpé, étoit bien certainement amenable à la justice de son Roi. Mais dans le cours des actions des hommes, les actes subséquens dénaturent souvent ceux qui les ont précédés : et certes du moment où Louis céda au conseil de se décorer du ruban de la Légion d'Honneur, il perdit non-seulement son droit de vie et de mort sur l'usurpateur, mais il encourut lui-même le crime d'usurpation. Un ordre de Chevalerie est une souveraineté morale, non moins réelle pour n'être fondée que sur l'opinion, que celle qui est fondée sur une étendue de territoire. Le Grand Maître, et à plus forte raison le Fondateur, en est le Seigneur Suserain, et les Chevaliers en sont autant de vassaux, relevant immédiatement de lui, et comme tels ses justiciables. Admettant que, par malversation, il puisse forfaire sa dignité, ou en être dépossédé par la mort, une convocation générale de l'ordre peut seule lui donner un successeur. Si donc Louis, agissant comme Grand Maître, n'a point été constitué tel par décision d'une semblable convocation, il est intrus comme Chevalier, et usurpateur de la Grande Maîtrise. A présent la question, en toute équité, sera de savoir comment, coupable lui-même d'usurpation, il auroit été admissible à la punir. Voilà le dilemme bizarre dans lequel les conseillers ineptes de ce Prince l'ont plongé, lorsqu'ils lui persuadèrent de laisser subsister l'ordre, et de s'en déclarer le chef. Que si sa suppression parut alors, à ces Ministres si délicats, une infraction de la Chartre Constitutionnelle presqu'aussitôt violée qu'accordée, quant à la garantie de l'état des personnes, il n'y avoit rien de plus facile que de se conformer à l'esprit du principe, en s'écartant un peu de la lettre. La Légion d'Honneur étoit une espèce de ménagerie, contenant toutes sortes d'animaux, mais qui dans l'analyse se rapportoient à ces deux classes ; d'hommes de sang et d'hommes de sciences. Or la Monarchie, dans ses beaux jours, n'étoit pas sans moyens de récompenser ces deux sortes de mérite. L'ordre de Saint Louis et celui du Mérite étoient la récompense du premier ; et celui de St. Michel, la distinction accordée au second. En recourant à ces deux ordres échangés contre la Légion d'Honneur, toutefois conservant aux récipiendaires nouvellement agrégés les avantages de lucre attachés à la distinction supprimée, il est plus que probable que dans ces premiers momens l'échange eût éprouvé peu de contradiction : et Louis n'eût point été Chevalier intrus, Grand Maître usurpateur, ni *homme lige de Napoléon.*

NOTE 18.

Demeuré sans rival, plus ferme en son pouvoir,
En état de juger ceux qui, dans leur devoir,
S'étoient montrés d'esprit ou vacillant ou stable ;
Les faits encor récens rendoient Louis *capable*
De prouver à quel point les leçons du malheur
Avoient de sa sagesse accru la profondeur.

Toute imprudente que parut la conduite du chef des Bourbons à son premier débourbement, elle pouvoit trouver

son excuse dans un désir de ramener par la modération ses
sujets égarés. Et on en auroit admiré la sagesse, s'il eût
montré un égal ménagement pour ceux de qui la fidélité ne
s'étoit jamais démentie. Mais tandis qu'il paroissoit se conformer au principe de ces Princes qui, en même temps qu'ils
croient de leur prudence d'acheter leurs ennemis, s'imaginent
pouvoir traiter leurs amis de manière plus leste, il oublia que
c'étoit enfreindre à la fois le vœu de l'équité et donner aux
uns et aux autres une assez mauvaise idée de son cœur. Ceux,
qu'il combloit alors de ses bienfaits, pouvoient-ils se croire
bien établis dans sa faveur, le voyant d'une insensibilité parfaite pour des sujets qui n'avoient jamais démérité, mais tout
au contraire qui avoient constamment entassé sacrifice sur sacrifice? D'autre part, la loyauté, privée de la récompense qui
lui est due, quand elle a tout immolé, ne peut-elle pas se
changer en désespoir? Et un Prince, qui a réellement le cœur
bon, ne devroit-il pas trembler d'être contraint de punir des
hommes, dont les longs services négligés n'ont changé de nature,
que parce qu'il est lui-même coupable d'ingratitude? Pour
être ici bas les vicegérens de la Divinité, les Rois ne doivent
pas s'imaginer avoir un droit gratuit à la loyauté de leurs
sujets. Cette même Divinité, qu'ils représentent, ne réclame
notre hommage, que comme principe créateur et conservateur
de l'être que nous tenons d'elle. Quelque disposé néanmoins
qu'on soit à abandonner ce raisonnement incontestable, et à
considérer la première erreur de Louis sous le jour d'une
aimable foiblesse; quel nom peut-on lui donner, lorsqu'après

l'expérience de ses conséquences funestes, on l'y voit persister? Ce n'est plus la masse indistincte des rebelles qu'il traite avec les ménagemens d'un père, craignant de sévir contre toute une famille en insurrection. Ce sont les plus criminels et les plus pervers de cette même famille, qu'il choisit, pour leur soumettre tout le reste. C'est un Ministre apostat des autels, couvert de toutes les souillures imaginables, auteur fécond de fraudes à peine connues aux enfers. Il lui associe un autre renégat du sacerdoce, profanateur de l'arche sacrée, dont les mains n'ont perdu la couleur du sang de son auguste frère, que par la teinte plus rembrunie qu'elles ont prise dans celui de mille autres victimes. Voilà de quels hommes il environne son trône! Et lorsque la clameur générale des gens de bien et des scélérats mêmes s'élèvent contre eux, loin de les livrer à la rigueur des lois divines et humaines qu'ils ont violées, il facilite leur évasion. Non moins indiscret dans la distribution de ses déplaisirs que de ses faveurs, abandonne-t-il quelques victimes à la sévérité de la justice, il les choisit parmi les plus insignifians des coupables, et ceux qu'une éducation plus négligée a mis le plus hors de portée d'apprécier l'étendue de leur faute. Un LABEDOYERE, un NEY, un LAVALETTE sont livrés aux tribunaux, tandis qu'un MASSENA, qui paralisa la loyauté des Marseillois; un SOULT, qui disposa d'un parc d'artillerie immense, de manière qu'il pût tomber sous la main de l'ennemi; un SUCHET, un DAVOUST, et tant d'autres misérables participant également à la rebellion, restent, la vie sauve, en possession de leurs honneurs et de leurs richesses. Une épouse

cédant aux impulsions de l'amour conjugal, à travers mille
obstacles, implore sa clémence pour son mari condamné : il
disgracie l'ami charitable, par l'assistance duquel elle est parvenue à embrasser ses genoux. Non rebutée, elle trouve dans
son courage les moyens de procurer l'évasion de son mari : cet
acte qu'un autre Souverain (il étoit Allemand) honora jadis de
ses louanges, fait plonger la pieuse épouse dans une dure captivité de trois mois, accompagnée des anxiétés d'un procès
vexatoire et dispendieux. Certes en considérant toutes ces
opérations, et celles qui les ont suivies jusqu'à l'instant auquel
on en retrace le tableau ; tout le jugement qu'on en puisse
porter, c'est qu'elles marquent une foiblesse peu digne d'un
grand Roi, et sont de nature à ne pas accroître infiniment
l'amour ou le respect de sujets qui en ont depuis long-temps
perdu l'habitude. Aussi, fut-on si chagrin qu'en cas pareil
un Prince François se fût laissé surpasser en miséricorde par
un Prince Hanovrien, qu'on ne put résister à consigner le
contraste de la conduite des deux Souverains dans les vers
suivans.

Clémence de Louis XVIII. comparée à celle de George Premier.

————◆————

Pour sauver un époux d'une juste sentence,
NITHISDAILE encourut d'un GEORGE la vengeance ;
Mais point ne put l'épouse accomplir ce devoir,
Sans du Prince offensé demeurer au pouvoir.
A peine le Monarque est-il instruit du crime,
Que peu chagrin de voir échapper sa victime,
Sans prendre le conseil d'un dépit rigoureux,
Il ne veut écouter que son cœur généreux.
" Qu'on porte mon pardon," dit-il, " à la coupable ;
" Pour vouloir l'en punir, sa faute est trop aimable."
  Des BRUNSWICK en tous temps ce fut le noble choix,
D'user de la puissance en pères plus qu'en Rois.
LA VALETTE, un BRUNSWICK, loin de t'en faire un crime,
N'eût vu ton dévoûment qu'en acte légitime ;
Peut-être eût-il encor du LOUIS qui n'est plus,
Obtenu ce respect qu'il payoit aux vertus :
Mais des LOUIS du jour telle est la différence,
Que déchus de valeur, ils sont nuls en clémence.

NOTE 19.

Par les nœuds du malheur en union tenue,
L'heure d'un sort plus doux à peine est survenue,
Que soudain la famille isolée, à l'écart,
Avec son chef paroît faire intérêt à part ;
Puis des opinions marquant la différence,
Vouloir des nœuds du sang reculer la distance.

Le Poëte fait ici une supposition que l'amour qu'il porte aux parties souffrantes, lui fait espérer n'être pas d'une vérité parfaitement exacte.   Encore que les concessions hasardées du Roi, et son acquiescement aux suggestions de Ministres hostiles aux vrais principes de la Monarchie, ne doivent pas être vues de bon œil par le reste de la famille, il seroit fâché de la voir en venir à une rupture formelle. La vertu de Madame, l'attachement respectueux qu'elle a montré pour son oncle, à la fortune de qui elle a tenu la sienne attachée; le rôle admirable qu'elle a joué dans la dernière rebellion, assurent l'auteur qu'elle est au-dessus des plus cruelles injustices. Elle peut gémir en secret de voir l'héritage probable du père son époux détérioré par foiblesse; mais sa longue habitude de souffrir, et la grandeur de son âme la soutiendront toujours à travers tous ses chagrins. La fille de Louis XVI. et de l'auguste MARIE ANTOINETTE a appris d'eux à pardonner à son royal oncle même de plus grands torts, s'il arrivoit qu'il en eût jamais pu être coupable, que celui de l'ingratitude.

NOTE 20.

Et quoique la Paix semble avoir banni la guerre,
Etends sur nos héros ton égide prospère :
Des Bretons la fortune a pris un vol trop haut,
Pour permettre aux jaloux de rester en défaut.

Malgré l'empressement, que depuis deux siècles l'Angleterre a toujours montré, de voler au secours des calamités générales ou partielles qui ont successivement affligé l'Europe ; elle auroit assurément grand tort de se reposer sur la confiance des services rendus. Tout humiliant qu'en soit l'aveu arraché par l'expérience, l'ingratitude est aussi commune aux états, qu'aux individus. Lorsque ceux qui les gouvernent jugent à propos de s'exonérer du fardeau, pour eux trop pesant, de la reconnoissance, ils savent imposer silence au remords de la conscience, qui par un reste de pudeur voudroit les accuser, en appelant l'aide du prétexte spécieux du bien général de leurs sujets. Or, comme il n'en est pas des hommes ainsi que de la Divinité, qui peut sans danger se rire de l'ingratitude de ses créatures, sans cesser de leur faire du bien ; il convient à l'Angleterre de porter un œil de circonspection sur les mesures de ses voisins.

La Sainte Alliance, malgré sa dénomination si résonnante, ne doit donc pas éveiller en elle une trop grande sécurité. Elle doit au contraire conserver le souvenir du manquement de foi des Puissances, tant grandes que petites, qui tour à tour ont converti ses bienfaits en moyens d'hostilité et d'agression. L'acquiescement facile, que la plupart a donné au fameux Système Continental, ne devroit jamais sortir de la mémoire, on ne dira pas de ceux qui la gouvernent, mais même des individus. Sa gloire, certainement bien méritée, est d'une splendeur trop brillante pour ne pas faire éprouver un sentiment de peine à l'œil toujours maladif de l'envie. Ceux qu'elle a le plus obligés n'appellent pas moins sa vigilance. Quelqu'hospitalier qu'ait été le traitement des Bourbons, et de la multitude d'émigrans qui les précédèrent ou les suivirent, léger assurément est le fond à faire sur la bienveillance qu'il a inspirée aux uns et autres. Les François, on ne sauroit le nier, qui, depuis les commencemens de la révolution, n'ont plus connu cette famille que comme celle de Souverains expulsés, représentés à leur imagination sous les couleurs de préventions fausses, à la vérité, n'en gémissent pas moins de lui obéir. Ils ne les regardent qu'en qualité de princes, que l'influence Angloise et la richesse Britannique les ont forcés de recevoir; et la sévère exécution militaire, attachée sur leurs pas, répugne encore plus à leur vanité, quoiqu'au fond elle ne soit qu'un châtiment léger de leur obstination, qu'elle ne leur est vraiment oppressive. Or entourée comme l'est la famille rétablie, (il n'importe que ce soit par une préférence décidée, où par né-

cessité compulsoire) d'agens nourris dans une aversion systé-
matique de la prospérité Angloise, elle n'auroit pas de peine à
se laisser persuader, par l'espoir d'une plus grande popularité,
de rompre tous liens de reconnoissance.   Que ces considéra-
tions, sans cesse présentes à votre administration, n'échappent
donc pas, Bretons, à votre œil prévoyant.   Incapables de
triompher de vous d'abord à force ouverte, c'est par la voie des
dissentions intestines, que vos ennemis formeront leurs attaques.
Ils soudoyeront à grands frais des agitateurs domestiques, pour
établir la désunion parmi vous.   Malheur à vous s'il vous
arrive de prêter l'oreille aux améliorations illusoires qu'ils
pourroient présenter à votre humeur inquiète.   Heureux,
comme vous l'avez été jusqu'à present, au milieu du choc des
nations ; votre sol préservé de ces scènes de sang et de carnage,
dont vous ne pouvez concevoir une assez juste horreur, parce
qu'elles vous sont étrangères ; chérissez à jamais l'heureuse una-
nimité, qui en empêcha l'introduction parmi vous ; et songez,
que le grand moyen de ne jamais recevoir la loi, c'est de vous
conserver toujours en état de la faire.

A la fin de Janvier prochain, 1818, sans plus de retard, sera publiée la Traduction en vers Anglois, par l'Auteur original, de la totalité des FASTES BRITANNIQUES accompagnés des notes en prose; dédiée avec permission à Son Altesse Royale la Princesse CHARLOTTE DE GALLES; pour laquelle la souscription (seulement payable à l'instant de la livraison) est ouverte chez l'AUTEUR, No. 3, Barton Street, Westminster; où, comme il ne lui reste plus qu'un petit nombre d'exemplaires de la première partie, à laquelle appartient le présent Supplément, on pourra s'adresser pour se le procurer.

Imprimé par A. J. Valpy, Tooke's Court, Chancery Lane, London.

WORKS PUBLISHED BY MR. LE NOIR.

TO BE HAD FROM HIM, OR THE BOOKSELLERS NAMED
IN THE TITLE-PAGE.

THE LOGOGRAPHIC-EMBLEMATICAL ENGLISH SPELLING-BOOK; or, a method of teaching Children to read : being founded upon an entirely new principle, by which any Infant, four or five years old, will, with the greatest ease to himself and teachers, acquire, in a few months, the utmost steadiness and fluency in reading, and be enabled to make his way, at first sight, through any book which may be put in his hands. To which are added, Instructions to enable any person to put this method in practice ; as likewise four Copper-plates, exhibiting the emblems upon which this system is founded. Price 7s. 6d.

THE LOGOGRAPHIC-EMBLEMATICAL FRENCH SPELLING-BOOK; or, French Pronunciation made easy. Being a method by which any Child, Four or Five Years old, and of ever so slow an apprehension, although perfectly unacquainted with his letters, will, in a few months, be enabled to read French fluently, and pronounce it as if he were a Parisian born. To which are added, besides Instructions to enable any person to put this Method in Practice, a Systematical Appendix, justifying its principles; as likewise various Reading-Pieces, of the composition of the Author, highly interesting, at least for their novelty. The Fourth Edition, corrected and considerably improved. Price 7s. 6d.

PRATIQUE DE L'ORATEUR FRANÇOIS; ou, Choix de Pièces d'Eloquence, tirées des meilleurs Poëtes et Prosateurs de la Langue Françoise : formant un Cours de Rhétorique pratique, à l'usage de la Jeunesse Angloise qui cultive cette Langue : l'ouvrage divisé en trois parties, précédées d'un Essai sur l'Action Oratoire; quatrième édition.

This collection, which has met with the approbation of the reviewers when first published, and since, of several eminent schoolmasters and governesses, who have constantly used it, has been selected out of more than fifty first-rate French classic writers, with the most rigid moral views : nor does it offer any thing which can give the smallest offence to modesty or the religion of the country; although the pieces it contains are every way calculated to promote chastity of taste and purity of composition. The Essay on Oratorical Action was written when the Author was in the full habit of teaching Elocution, in consequence of daily practice; and, though concise, has been found to contain whatever is necessary to form elegant speakers or readers of the French language.

To give a zest to the novelty of this Edition, the Editor has inserted in it some of the most approved pieces of his own composition, to the amount of the fourth part of the volume. Price 5s. 6d. boards.

The FASTES BRITANNIQUES, a historic poem, being a concise History of Great Britain from the invasion of Julius Cæsar down to the rupture of the last negociations committed to the management of the Right Honourable Earl LAUDERDALE, in 8vo. extra boards, 12s.

ESTHER, a Tragedy, taken from the Holy Writ, by the celebrated RACINE, conformably to the wish of Madame de Maintenon, for the Ladies of St. Cir, and printed by the Editor for the use of Young Ladies, in 8vo. 2s. 6d.

ODE PINDARIQUE, adressée aux Peuples gémissant sous le Joug tyrannique et oppresseur de ce Fléau de l'Humanité, se disant Empereur des François, à l'occasion de la glorieuse Insurrection des Espagnols, contre ce Dévastateur de l'Europe; dédiée, par consentement spécial, à Sa Majesté Très-Chrétienne, Louis XVIII. Roi de France et de Navarre, in 8vo. 1s. 6d.

THE SERMON of that celebrated pulpit orator, the late Rev. Dr. HUGH BLAIR, " On the Duties of the Young," arranged into FRENCH EXERCISES, for the use of either sex, engaged in the study of the French Language. To which is added, by way of a key, a highly-finished TRANSLATION INTO FRENCH of the same. Price 2s. 6d.

PROPOSALS

For speedily Publishing by Subscription,

AN

ENGLISH HISTORIC POEM,

HAVING FOR ITS TITLE,

The Heroic British Records,

BEING

A spirited free Translation of the Author's FASTES BRI-
TANNIQUES, in French Verse; and comprising, at first, all
the most important Events of the History of England, from
the invasion of *Julius Cæsar*, down to the Rupture of the
last Negociations committed to the Management of the Right
Honorable the Earl of Lauderdale, and now brought down
to the present month of March, 1817.

───────

DEDICATED, BY PERMISSION,

TO HER ROYAL HIGHNESS

THE PRINCESS CHARLOTTE OF WALES;

BY MR. LE NOIR,

PROFESSOR OF THE FRENCH LANGUAGE AND BELLES LETTRES, AND
AUTHOR OF VARIOUS APPROVED PUBLICATIONS.

───────

THE Author of the present intended publication having
observed, during the many years he has been engaged in
public teaching, how desirable it would be, towards pro-
moting the study of History, if that could be easily obtained, to trust the rudiments of it to the memory of young
people; although not unaware of the difficulty of such
an undertaking, has boldly formed the project of giving to
the world a course of English History, which might procure the above-mentioned advantage, by calling in the help
of versification.

The kind reception given to his first attempt in his "FASTES BRITANNIQUES," in French verse, was such, that, a thing not very unusual with Poets, in the inebriation of success, it produced an indiscretion rather irresistible, and difficult for him to be guarded against. However sensible that the approbation expressed by some respectable Friends, was rather the effect of partiality than of absolute desert, when declared with the flattering qualification of regret, at the work's being written in a language which confined its utility to the service of the few ; dazzled by the Poet's motto—*Audaces fortuna juvat,* in his gratitude the Author could not help feeling stimulated to another attempt ; which, as a foreigner, he is very much afraid will subject him, at first sight, to the charge of unparalelled presumption, and even look little short of downright violence offered to the British Muse. Dreadful in sound as the charge may appear, particularly through inability of rejecting it in the whole, so high an opinion does the offender entertain of the unbiassed liberality of an English jury, that in the present case, as in any other, he will take his chance before them, perfectly unappalled.

He will therefore say, that fully conscious of his deficiencies, to tread with a firm step in the path of the English Parnassian Worthies, he yet humbly imagined, that even the painful gait of a foreigner, courageous enough not to be deterred by the many thorns he should have to encounter, were it but for novelty's sake, might chance to create some degree of interest in the amateurs of the art. Hence, ambitious to his utmost to honor the country which has adopted him, and presuming upon some distant congeniality of thought with them, and a long unreserved admiration, he resolved to try his fate, as an imitator; cheered with the confidence, that however defective his manner might prove, yet his subject would not be found uninteresting, as to facts and consequences to be inferred from them.

But should the man of severe and refined taste, as it is feared, happen to be disappointed, youthful readers, at least, for whom the performance is more particularly intended, will not, perhaps, find it altogether unprofitable : for, besides the mass of historic events laboriously compressed, so as easily to take hold of their recollective faculties, it may likewise guide them in that humbler art—*Translation;* teaching them how to prefer a spirited fidelity to design, when attempting to pass any fanciful production from one language into another, to the shackles of literal accuracy, so apt to quench the fire of an original. A comparison of the work here offered, with its French prototype, it is humbly hoped will enlarge the views of the student on the subject, and make him sensible that, in translating, the thoughts, together with their particular shades, should always be the main object : whereas verbal strictness may often lead him astray from the real and correct meaning.

Should, therefore, no other end be obtained, from the perusal of the following performance, the persons whose business it is to guide the polite studies of the rising generation, will not, perhaps, deem it undeserving of their encouragement ; and in that case, as the author fails in establishing a character of proficiency in English versification, he may still hope to retain the credit of having gone through a task not altogether deprived of some sort of use, of which he now will leave a generous public to judge.

4

Conditions of Subscription.

I. The poetical part to consist of 2592 lines, or thereabout, together with occasional notes in prose, elucidating the allusions, or illustrative of facts and characters, wherein as strict an attention will be paid to chronology, as the nature of the work, forming an octavo volume of about 250 or 300 pages, will admit.

II. The work to be printed with good types, upon fine wove paper, hot-pressed; together with the likeness of the author, engraved by Tomkins, Engraver to her most gracious Majesty.

III. Subscribers' names to be prefixed, according to alphabetical order, at the beginning of the work.

IV. Price of the subscription, half-a-guinea; which will be advanced to 12 shillings, to non-subscribers: subscription money payable only upon delivery of the book—extra boards.

Subscribers' favours received by the Author, No. 3, Barton Street, Westminster; Charles Law and Whittaker, Ave Maria Lane; and T. Boosey, Old Broad Street.

CONCLUSION

OF THE

HEROIC BRITISH RECORDS,

An Historic Poem,

SOON TO BE SENT TO PRESS.

But, Muse, enough of past and present brawls,
Or to convulse hereafter worthless Gauls:
Nor had the Bard held up the odious seene,
But in hope, RAPIN new, the theme obscene
Should Britons warn, or if dim, ope their eyes,
To what sad woes from order's breach arise.
Let him not be arraign'd, for foreign birth,
As if his country's ills he turn'd to mirth.
To Plato reverence when allow'd, forsooth,
By far more sacred stands the claim of truth:
O'er the son, binding own'd the Mother's tie,
Rank sophist he, whose taunts that child belie,

Because, to death by parent fell expos'd,

He'd with a saving nurse his weal keep clos'd.

BRITANNIA, Hospitable Goddess, hear

Thy dutiful adoptling's earnest pray'r!

To thee and selves, may bless'd his brothers true,

Each moral obligation sacred view!

Observers strict of their forefather's lore,

Respectful own their lawful Princes' pow'r! -

Their REGENT's government, applauding prize,

Who bade, reviv'd, their sinking fortune rise;

A noble heir of their high-minded Kings,

How bright through him their glory splendid springs!

He, slumbering nations woke from drowsy sleep,

Which did, in poppy chains, involv'd, them keep,

Whilst the perfidious foe would load their hands,

Fetter'd, inglorious, with his shameful bands.

Unlike the rash reformers of our days,

Whose bold declaiming talent its pride lays,

Self-chosen Patrons of th' African race,

On formal cauting, and their glory place,

The freedom in securing of the Blacks;

Who's he, besides our REGENT kind, who backs,

With all his might, the just release from chain,

Of men, in his own colour, doom'd to pain

And bondage, more unjust and keen by far,

Than for which they'd incur tremendous war?

    Thou gallant EXMOUTH, trusted to fulfil,

Through danger, this our REGENT's generous will,

Say, had the foul attempt o'er-reach'd thy ear,

Which still sinks us beneath the weight of fear,

Had'st thou believ'd that any Briton born,

So bare could of all grace have been forlorn,

Or, open to the base and burning shame,

The culprit both to sink and his fair country's fame?

Drive, Britons, from your bosoms the rage foul,

'Mongst you imported from out-landish school.

This REGENT, whom ferocious ye pursue,

Not long was idoliz'd by most of you.—

True; but he disapprov'd his father's schemes;

Deserter now from Demagogue's extremes,

A fitter judge grown of the weal of all,

Beneath our stabs, meet victim let him fall—

Disastrous fit of parricidal thought!

When for his country just, he greatest wonders wrought!

When twenty nations, rising at his will,

A Tyrant's downfal help'd him to fulfil,

Than whom ne'er Britons met with deadlier foe,

On them bent to heap each accumulated woe!

Who could, unshuddering, bear the notion strange,

These deeds are wrongs, his death sole can avenge?

    Thou Guardian Genius of thy darling isle,

His person shield from each base act or wile!

Rather the span of his days than contract,

To lengthen them, if needs, from our's exact:

And though Peace look to have hush'd all alarms,

Vouchsafe to prosper our brave men of arms,

Indeed, too high has BRITAIN's grandeur flown,

Not to raise many a pining heavy groan:

But more than from the fiends let loose from Hell,

Guard ENGLAND from the bane of discord fell;

And fear'd, as she sways with proud flags unfurl'd,

Just may she stand the UMPIRE of the WORLD.

March, 1817.

www.ingramcontent.com/pod-product-compliance
Ingram Content Group UK Ltd.
Pitfield, Milton Keynes, MK11 3LW, UK
UKHW022312070726
13614UKWH00002B/683